講談社文庫

籠城忍《しのび》

小田原の陣

矢野 隆

JN166678

講談社

天正18年（1590年）小田原の陣　布陣図

（制作）アトリエ・プラン

籠城忍《しのび》

小田原の陣

一

甲冑《かっちゅう》がこすれる尖《とが》った音が四方から聞こえる。昼間の雨でいくぶん湿った土を踏みしめ、兵たちが闇夜を行く。かかげられた松明《たいまつ》の炎が照らす漆黒《しっこく》の一団に紛《まぎ》れ、服部《はっとり》半蔵《はんぞう》は兜《かぶと》の庇《ひさし》でみずからの顔を隠すようにして歩む。

夜風に火薬の匂いが混じっている。銃を持つ男たちが、兵たちを警護するように列の前後に配置されていた。

周囲を行くのはすべて敵だ。二十人近くの兵が二列になって進んでいる。

敵に紛れ、半蔵は本丸を目指していた。

すり替わった。

殺して。

身ぐるみを剝《は》いだ骸《むくろ》は井戸に投げ捨てた。

籠城中の城に単身忍び込み敵になりすますことなど、半蔵にとって大した仕事ではなかった。どれだけ難攻不落と言われる城であろうと、すべての闇に目をむけることなどできはしない。敵襲に万全の備えをしていたとしても、単身で忍び込むことを防ぐような備えなど、土台無理な話である。

半蔵の主がいまも包囲している城は、生半《なまなか》な城ではなかった。

総構《そうがま》え。

関東の雄、北条《ほうじょう》家の本拠である小田原《おだわら》の街を、塀と石垣と堀で囲い、日ノ本一の巨大な城郭とした、古今未曾《みぞう》有の居城である。

故《ゆえ》に。

城内へ入るのはさほど難しいことではない。城が巨大になればなるほど、隙《すき》が生じるものだ。城内に東海道を飲み込んだ小田原城は、四方にいくつもの門を持ち、それらを城に籠《こも》った武将たちが守護している。自然、門の周辺の守りは厚く、各家の持場が交錯《こうさく》するあたりの守備が手薄になる。

半蔵は北東部より城内に入った。海に面した南東側面と、北東側面の角に位置する高城胤則の持場と、海に並ぶ船団に備える南東側面の東端を警護する大藤信興の持場の境を狙って、城へと忍び込んだ。

仲間はいない。

半蔵一人である。

同朋が多ければ多いほど、務めを果たしやすくなるというものでもない。数が増えれば、それだけ敵に察知される危険も増す。身軽であればあるほど、潜む闇は小さくて済むのだ。

すでに数十人の同朋が城内に紛れ込んでいる。それらの同朋との連携が取れさえすれば、新たな仲間とともに城に入る必要はなかった。

主から受けた命を遂行するのは、あくまで半蔵一人である。城に潜んでいる同朋と繫《つな》ぎを取るのは、無事に務めを果たした後のことだ。

「おい」

隣から聞こえた声に半蔵は目だけをむけた。兜のひさしで松明の明かりをさえぎっているから、顔は闇におおわれている。隣を歩んでいても、半蔵の顔を見定めることはできないはずだ。

「今日は静かじゃな」

すりかわった男とは馴染みの間柄であるのだろう。隣を歩む男が気さくに語り掛けてくる。

「どうした、風邪《かぜ》でも引いたんか」

「あぁ」

わざと喉《のど》をかすれさせて、半蔵は答えた。

「声がおかしいの。かなり酷いようじゃ」

「喋《しゃべ》りかけん方が良い。うつるぞ」

「そりゃ困るわい」

言って男が肩をすくめてみせる。

うつむき、槍を手に半蔵は歩む。

なりすました男を殺す以前、半蔵はその身のこなしや歩き方を、闇に潜んでしっかりと観察し、みずからの物としていた。己と背格好が似た者を選んでいる。こうして闇のなかを歩んでいれば、悟られることはない。

人はそこまで真剣に他人を見ていないものだ。心を揺らさないことだ。異変はみずからが作る。悟られたくないからと周囲に気を配っていると、剣呑《けんのん》な気配が総身からあふれ出す。心を揺るがさず、殺した男に成りきっていれば、悟られることはない。

総構えの小田原城は、民の家屋敷や櫓《やぐら》などがある周辺部と、防衛の要《かなめ》ともなる主郭《しゅかく》が存在している。八幡山《はちまんやま》の山頂に築かれた主郭には、北条家の現総領、北条氏直《うじなお》の居館があった。三の丸、二の丸と八幡山の頂《いただき》へ連なるようにして築かれた主郭の中心部に、氏直はいる。

半蔵の目の前で二の丸の門が開かれてゆく。門扉《もんぴ》の左右に配された兵たちが頭《こうべ》を垂れるなか、二列になった兵たちが粛々と進んで行く。

本丸の大手門《おおてもん》が、彼等の目的の場所だった。本丸の夜通しの警護が、この兵たちの役目なのである。当然、半蔵はそれを見越して、兵に成り済ましているのだ。

本丸の大手門が目的ではない。

北条家の現当主、北条氏直が、目指すべき相手だった。

なんとしても、氏直に会わねばならなかった。氏直に会い、主の言葉を直《じか》に伝えることこそが、今回の半蔵の役目なのである。

ひとまず兵に紛れて大手門まで行き、敵の目を盗んで警護の任から外れて本丸屋敷に忍び込む。敵に異変を察知されることなく寝所《しんじょ》に入って、寝ている氏直を起こして主の言葉を伝える。それを果たせば、後はなりふり構わず主郭を脱出して、周縁部に潜む同朋と連絡を取り、城外に出て主に委細を伝え、今回の役目は終わる。

さほど難しい役目ではない。人を殺すわけでも、忍同士で争うわけでもない。闇夜に乗じて人に会う。見とがめられなければ、危うい目にも遭わない。

唯一の懸念は、警護の厳しい本丸へと忍び込むことだった。闇夜に紛れて三の丸、二の丸と抜けても、本丸の警護の目をごまかすのは至難の業《わざ》である。本丸は手狭だ。故に敵の目が四方に届く。敵の目に入れば、氏直への道は閉ざされる。故に半蔵は警護の兵に紛れることを選んだ。

「おい」

ふたたび隣の男が声をかけてくる。

苛立《いらだ》つ……。

鼻からゆっくりと息を吸い込んで、平静を保つ。答えずにいると、男が勝手にしゃべりだした。

「朝まで保《も》つんか、お前。いくら役目やからといって、無理して働いて倒れたら、いざっちゅう時に使い物にならんやろ」

「大丈夫だ」

ぞんざいに答える。

「でもよぉ……」

「大丈夫だから、黙って歩け」

これ以上面倒な問答を続けていると、異変に気付かれるかもしれぬ。半蔵は厳しく言い放つと、口を堅く閉じて伏し目がちで歩を進める。同朋のかたくなさに呆れたのか、隣を行く男もそれ以上抗弁をする気を失い、口を閉ざした。

大手門が見えて来る。

あと少しだ。

警護の任に就けば、数人ずつに分かれて持場につくことになる。そうなれば、周りの者の目を逃れ、屋根裏に入るつもりだ。半蔵がいなくなったことに半刻《とき》ほどは気付かないだろう。騒ぎになる前に氏直の寝所に忍び込むのだ。

本丸屋敷の間取りは細部まではつかめていない。ただ、幾度も訪れている主や、主の家臣たちの言葉を元に、氏直が客と対面する表側までの間取りはつかんでいる。そこから類推し、寝所と思われる辺りに行き、直接目で確かめながら、氏直まで辿《たど》り着くつもりだ。

精確《せいかく》な間取りがつかめていたらと思わぬでもない。

だがそれは贅沢《ぜいたく》な望みだった。

ここは北条家の中枢なのである。当然、敵の忍《しのび》の警戒も厳しい。

風魔《ふうま》……。

北条が飼う忍はそう呼ばれていた。

相模国足柄郡風祭《さがみのくにあしがらかざまつり》の辺りに、風間《かざま》と呼ばれる村があるらしい。その村は四方を山に囲まれ、土地の者も寄り付かないという。この風間の地に住まう者たちこそが、風魔とみずからを称する忍なのだと、半蔵は聞いているのだが、正確なところはわからない。

風魔小太郎《こたろう》。

それが風魔の総領の名であるらしい。北条に飼われる前から、その名の忍はいたらしいから、代々総領が受け継いでいるのだろうと半蔵は思う。だが、小太郎は数百年も生きている翁《おきな》であり、不死の術を体得しているのだという荒唐無稽《こうとうむけい》な噂も実《まこと》しやかにささやかれている。また、身の丈七尺の大男で、口からは四本の牙が突き出ており、筋骨たくましく体のいたるところにむら瘤《こぶ》があるなどという化け物じみた噂まである。

半蔵の故郷である伊賀《いが》、そしてその近郷である甲賀《こうか》。上杉《うえすぎ》の軒猿《のきざる》に、滅亡する以前の武田《たけだ》に仕えた三ツ者など、諸国に忍は数あれど、相州の風魔ほど、妖しき噂に包まれた忍を半蔵は聞いたことがない。

何故、それほど妖しき噂が生まれるのか。

見た者がいないのだ。

風魔を。

北条の者であっても、風魔の忍を見た者は稀《まれ》だという話である。敵であるならなおさらであった。

見た者はかならず殺される。

誇張ではない。

小田原城本丸屋敷の精確な間取りがいまだに半蔵の目に入っていないことが、揺るぎない証拠といえた。

風魔は敵とみれば迷いなく殺すという噂を、忍ならば知らぬ者はいない。

列の先頭を行く兵が大手門に辿り着く。皆が足を止めるのに従うように、半蔵も道の途中で立ち止まった。

隣に立つ男は半蔵を気遣うことを諦《あきら》めたようで、目をまっすぐ大手門のほうにむけたまま、背筋を正している。

横目で半蔵は隣の男を見た。大手門を見上げながら、わずかに頭を傾けたような気がする。

大手門の門扉の右方に立っていた警護の兵が、列の正面まで歩み胸を張った。遠く離れた半蔵からも、兵の列の先に胸から上が見えるほど、男は見事な体軀をしている。

列を見下ろす男の鼻の穴が大きく膨《ふく》らんだ。

「ばずしっ！」

半蔵は男がなにを叫んだのか理解できなかった。いや、ゆっくり丁寧に聞いたとしても、男が発した言葉の意味は理解できなかっただろう。

半蔵が面食らったのと時を同じくして、兵たちが一斉にしゃがみ込んだ。しゃがむ合図だったのだと即座に悟った半蔵は、周囲の兵たち同様にしゃがみ込んだ。

「めずっ！」

大手門の前に立つ男がまた訳の分からぬ言葉を叫んだ。すると今度は兵たちが一斉に立ち上がる。

またも半蔵は一瞬だけ遅れた。

男は続ける。

「ばんどろべんっ！」

二列になった兵たちが背をあわせるようにして左右に体をむけた。左の列に立つ半蔵は、わずかに遅れて体ごと左をむく。

「びんっ！」

皆がうつむく。

「がじっ！」

今度は天を仰《あお》ぐ。

「ろぐっ！」

両手を挙げる。

「どどろどどどんっ！」

両手を降ろし、前を向き、男が叫びはじめる前の形に戻る。

いったいなにが起こったのか……。

半蔵は脇を冷たい汗が流れてゆくのを感じた。

体が震える。

よからぬ事態が起こったのはわかった。が、どうすることもできない。

列が静かに左右に割れる。半蔵もみなの動きにあわせ、道の左端に並んだ。

左右に割れた兵の中央にできた道を、先刻叫んだ大柄な男が降りてくる。

半蔵の前で男が止まった。くるりと体を回して、半蔵を見下ろす。

「おい」

男の声が降って来る。

「頭を上げろ」

命じられるままに半蔵は頭を上げた。

目が……。

松明の明かりを受けた男の目が黄色く見えた。黄色い目の真ん中に胡麻《ごま》粒ほどに小さな瞳が黒く輝いている。その異様な瞳に射すくめられ、半蔵の体は恐れで硬直した。

逃げろ。

頭ではもう一人の己が必死に叫んでいる。なのに、体が言うことを聞いてくれない。

「お前は誰だ」

「そ、某《それがし》は」

言い訳をしようとしていた口を、男の手が塞いだ。凄まじい力で、上下の顎《あご》がじりじりと開いてゆく。

「が、が、が……」

言葉を発するつもりはないのに、男につかまれた上下の顎の隙間から、苦悶《くもん》の声が漏れる。

「猿に飼われた素破《すっぱ》か。それとも真田《さなだ》の使い走りか。それとも……」

男の黄色い目が妖しく光る。

「徳川に飼われた伊賀者か」

両の頬《ほお》の皮に男の指先がめり込んでゆく。

「ふぐぅっ」

槍を手放し、鎧に覆われた男の上腕を両手で握りしめる。男の腕が、それを包む鎖帷子《くさりかたびら》よりも堅い。鉄のように引き締まった腕に幾重にも浮かぶ肉の瘤が、掌でも十分に感じられるほどに盛り上がっている。

男が笑いながら腕に力を込めた。

ゆっくりと半蔵の体が持ち上がってゆく。湿った地面から足のつま先が離れ、半蔵は宙に浮いた。

「ここにおるのはただの足軽ではない」

尖った顎で周囲の兵たちを示し、男が笑う。

「お前がなりすましておる者は、どうした」

顎が開かれていて答えることができない。

「まぁ生きてはおらぬだろうな」

男は笑う。

「風魔を殺すとは、御主もなかなかの腕だな。が、我等の目は誤魔化せはせぬ」

顎の骨がめしめしと軋《きし》む音が頭骨を伝って半蔵の裡《うち》から聞こえてくる。つま先を突き出し、男の鳩尾《みぞおち》あたりを狙おうとするが、鎧におおわれた胴に衝撃を与えることすらできない。

「言え、誰の飼い犬だ」

男の手の力がわずかに緩む。少しだけ顎が動かせる。声を発することができる程度には、力が弱まっていた。

言うつもりは毛頭ない。

見下ろす半蔵の殺気を帯びた眼光に、男が微笑を浮かべる。

「素直に答えた方が身のためだとは思わぬか。御主も忍であろう。答えねば我等がなにをするか。わからぬ訳でもあるまいに」

言わねば吐かせる。忍でなくとも、戦国の世に生きる者ならば、当然誰もがそうする。侍も忍もない。捕えられ裏切らぬのなら、苛烈《かれつ》な拷問《ごうもん》が待っている。

それでも言わぬ。

それだけの覚悟が半蔵にはある。

「言え」

男を見下ろす半蔵の瞳は微塵《みじん》も揺るがない。

「儂《わし》が風魔小太郎であると知っても尚、そのような態度でおれるものかな」

「なっ……」

つい驚きが口から漏れ出てしまった。

このようなところに、風魔の棟梁《とうりょう》である小太郎がいるはずがない。たしかに男は、抽《ぬき》んでた大男である。噂通り七尺は優に越えていた。それでも、七尺を越す者がこの世にいないわけではない。小太郎であるとは、名乗られるまで半蔵は思いもしなかった。

一瞬、動揺してしまった己を恥じる。

半蔵は気を取り直し、小太郎を見据えた。

相手が誰であろうと、口を割るつもりはない。

「そのかたくなさが語っておるぞ。御主、そこらの半端な忍ではないな」

顎を摑んだ小太郎が、己が腕をゆっくりと顔に寄せた。

半蔵と小太郎の顔が、鼻先が触れるほどのところまで近づく。

「目当ては氏直《うじなお》殿か」

まるで、他人事《ひとごと》のように問う小太郎に、違和感を覚えた。

小太郎の飼い主は北条家の当主であるはず。ならば氏直こそが、風魔の雇い主のはずだ。なのに、氏直の名を呼んだ小太郎の口調には、冷淡な響きがあった。

「氏直殿に会ってなにをするつもりだった。殺す気だったのか。それとも……」

笑みに歪んだ小太郎の唇《くちびる》の隙間から、人とは思えぬほど長く尖った牙が覗《のぞ》いている。

たしかに……。

この男が小太郎なのかもしれない。

七尺を越す背丈に獣《けもの》の牙。噂通りの風体である。

「気弱な当主に猿に降《くだ》るよう囁《ささや》きに来たか」

小太郎の指に力がこもる。

半蔵の頰の皮が。

裂けた。

「びひぃっ」

悲痛な叫びが半蔵の口から漏れる。血まみれの拳を握る小太郎の足元に、両頬の肉を失いひざまずく。太い足が、ひざまずく半蔵の背中を押す。

「猿か狸か。御主の飼い主は誰じゃ」

「ひ、ひ、ひ……」

裂けて塞がらぬ口から、荒い息とともに声が漏れるのを半蔵はどうすることもできない。

「なにがあっても話さぬつもりであるのだろうが、なにがあっても儂が吐かせてやる。痛みなど無用。じきに話したくて仕方がなくなる」

薬か……。

心を虚ろにさせる薬を使われれば、半蔵の覚悟など関係ない。忘我の裡に、問われるままに語ってしまうだろう。

「其奴《そやつ》を連れて行け」

小太郎が男たちに顎を突き出し指図する。

やらせるか……。

半蔵は意を決し、両顎をわずかに開く。歯の隙間に舌を滑り込ませる。舌先を突き出して、歯の間あたりに舌の根本を持ってゆくと、全力で嚙み切った。

「御頭っ！」

脇に腕を入れて立ち上がらせようとした甲冑姿の風魔の忍が、半蔵の口からほとばしる血を見て叫んだ。

嚙み切って身中に残った舌が、半蔵の喉を塞いで息を止める。

「ふはははは。良き覚悟よ」

楽しそうに笑う小太郎が、白目を剝いた半蔵を見下す。

「城下に捨てておけ。じきにどこぞの忍が拾いに来るであろう。拾いにきた犬がどこに戻るかたしかめておけ」

高らかに笑う小太郎の声が次第に薄れてゆく。

殿……。

声にならぬ言葉を脳裏に描きながら、服部半蔵は逝った。

二

「そうか……。殺されたか」

酒匂《さかわ》川を背にした徳川家の本陣で、徳川家康は苦い声を吐いた。

東海道の東方、酒匂川と山王《さんのう》川の間に、徳川譜代の家臣たちが、それぞれの兵ととものに陣を敷いている。山王川を越えるとすぐに、敵の城だ。川を隔てて睨《にら》みあって、すでにふた月ほどが経《た》っている。

味方は十万もの兵で総構えの城を囲んでいた。対する北条は、すくなく見積もっても城内に五万ほどの兵を擁しているはずだ。

すでに北条家の領内に点在する諸城は、前田利家《まえだとしいえ》、上杉景勝《かげかつ》らに率いられた別動隊によって残り数城というところまで攻め落とされている。

もはや北条に、秀吉に抗するだけの力は残されていない。

いや。

はなから勝負は見えていたのだ。

すでに秀吉は日ノ本の大名をほぼ屈服せしめているといっても過言ではなかった。いまだ秀吉に頭を垂れていないのは、関東の北条と、東北の伊達《だて》くらいのものだ。しかしその伊達の若き当主である政宗《まさむね》が秀吉への面会を求め、奥州を出たという報《しら》せが入っている。十中八九、秀吉に服従の意を示すための出馬であろう。

いまや日ノ本に秀吉と敵対する大名は、北条のみ。

どれだけ強硬に小田原城の門を閉ざし、秀吉に逆らってみても、勝ち目はどこにもないのだ。どれだけ待っても北条に後詰《ごづめ》は現れない。一方、秀吉はどれだけ兵糧や銭を使おうと、日ノ本じゅうからいくらでも補充ができる。何年でも戦えるのだ。

話にならない。

本陣奥の幔幕《まんまく》の裡に一人きりで、家康は床几《しょうぎ》に腰をかけていた。開かれた幔幕のむこうに、小田原城が見える。塀と石垣がどこまでも続き、八幡山に築かれた主郭がその中央に鎮座していた。町ひとつが城のなかに飲み込まれている。こんな巨大な城を、家康は見たことがない。

あの武田信玄も上杉謙信も、この城を攻めたが阻まれた。

難攻不落。

北条家の小田原城といえば、戦国屈指の堅城としてその名を天下にとどろかせている。しかも、いま家康が見ている城は、信玄や謙信が攻めた物よりも何倍もの大きさになっているのだ。秀吉との戦いが迫るなか、北条家は小田原城の普請を急ぎ、街をぐるりと取り囲む総構えの縄張りを完全なものとした。

並みの大名ならば、決して落とすことのできぬ城だ。

だが。

秀吉は並みの大名ではない。

関白太政大臣という人位《じんい》を極めた身として日ノ本の侍を統《す》べる、侍をも超越した存在なのだ。

勝てるわけがない。

日ノ本のどの大名であっても。

だからこそ、家康は頭を垂れたのだ。あの男に敵《かな》わぬ。そう痛感したからこそ、小《こ》牧《まき》で大勝してもなお、秀吉との和議を望み、みずから大坂に出向き、臣従を誓うことで所領の保全を図ったのだ。

北条も……。

事ここに至ってもなお、家康はまだ北条家の存続を諦めきれずにいる。

秀吉は北条を滅ぼし、関東を手にするつもりだ。そして、手中に収めた関東の地を、家康に与える腹積もりなのだ。

打診された。

断らなかった。

猿の意図はわかっている。家康の領国である駿河《するが》遠江《とおとうみ》は京大坂に近い。

秀吉は恐れているのだ。

家康の、いや三河《みかわ》武士の底力を。

現に戦では徳川家は敗れなかった。秀吉が関白の位を得て、帝《みかど》を動かさなければ、天下はどうなっていたかわからない。

駿河遠江で兵を挙げ、一気に京大坂に攻め上られることを猿は恐れている。だから、東の果ての関東に、家康を追いやりたいのだ。その時にはおそらく、家康の旧領となる駿河や遠江にみずからの譜代の家臣たちを配置して、上洛を阻むための壁を幾重にも築くつもりなのだ。

北条が潰《つい》えた後、その領地は家康の物になる。石高にして二百万石を超える巨大な領地だ。

豊臣家屈指の大名である前田、上杉、毛利《もうり》等ですら、百万石に毛が生えた程度の領国しか有していない。関東を手に入れることができれば、家康は家臣第一の地位を確立することができる。

それでも……。

北条を潰すつもりはなかった。

いま、あの城のなかには娘がいる。

北条の当主の妻として。

「誰に殺《や》られたのだ」

床几に深々と腰をすえ、背後の闇にむかって問う。

「わかりませぬ」

淡々とした口調で闇が答えた。この声の主には幾度も命を救われている。

元は武士であった男だ。

槍半蔵。

そう呼ばれ、戦場での武功も数知れない。が、父の生まれが忍の里だった。男の家も、故郷では由緒のある家であった。その伝手《つて》を辿り、男は家康最大の窮地を救ったのである。

本能寺《ほんのうじ》で信長《のぶなが》が殺されたことを堺《さかい》の街で知った家康は、明智《あけち》光秀《みつひで》の手勢に見つかることなく駿河へと戻らねばならなくなった。この時、山深い伊賀の地を越えるために、男はかつての由緒《ゆいしょ》を辿り、彼《か》の地の忍たちの加勢を得た。その甲斐もあって、家康は無事駿河へと辿り着くことができ、その時働いてくれた伊賀者たちを家中に雇い入れた。

そして男は、徳川家に仕える伊賀の忍の棟梁となった。

「半蔵」

家康は男の名を呼んだ。

「は」

半蔵と呼ばれた闇が答える。

「何故、死んだと知れた」

「城内に潜ませておる者が、往来に打ち捨てられておる骸を見つけたとのこと」

「何人目だ」

「五人目にござります」

「そうか……」

半蔵が率いる伊賀の忍たちには名が無い。棟梁の服部半蔵の名が、徳川家に仕える伊賀の忍の総称であった。

いま背後にくぐもっている闇の名が服部半蔵なら、小田原城で死んだ忍も服部半蔵である。幾人もの服部半蔵が家康に付き従っているのだ。

故に。

聞き慣れた声であるとしても、背後の闇が己の知る半蔵なのか、家康にも定かではなかった。

それでも信じる。

信じるに足るだけの仕事を、半蔵はしてくれている。

「葬《ほうむ》ったのか」

「いえ。手を出してはおりませぬ」

「哀れな」

「下手《へた》に手を出し、相手に見当を付けられてしまえば、我等まで辿られるやもしれませぬ」

「打ち捨てておくのか」

「もとより覚悟の上なれば」

「因果な生業《なりわい》よの」

半蔵は答えない。

「舌を噛み切って死んでおったとのこと」

「自死か」

「おそらくは」

「そうか……」

みずからが下した命により、一人の忍が死んだ。目的を果たせぬままであったのは間違いないだろう。命を果たせたのなら、今頃、氏直からの返答がもたらされているはずだからだ。

「みずから命を絶ったということは、相手は侍ではありませぬ」

半蔵は言い切る。

伊賀の忍は、侍の追及などに音《ね》を上げるようなことは絶対に無いのだ。

「風魔か」

「はい」

肩越しに背後を見る。

闇は……。

闇のままだった。

どこにも半蔵の姿はない。

声だけが、家康が見つめる闇のあたりから聞こえてきている。

「こちらのことは敵に知られたのか」

「わかりませぬ。が、おそらく口を割ってはおらぬと」

「割っておったらどうする」

「口を割った者を往来に捨て置きそのままにしておる理由がありませぬ。口を割り、こちらの素性が知られたのであれば、街に潜んでおる者たちに危害が及んでおるはず」

「そうか」

闇から目を背けるように、ふたたび城へと視線を向ける。半蔵の弁明じみた言葉に、家康はため息まじりにうなずいてみせた。

「死んだ者のことを語っても仕方がない。やれるか。まだ」

「無論」

揺るぎない声が返ってくる。

「密かに婿殿に会わねばならぬ。なにがあってもな」

「わかっておりまする」

「婿殿じゃ。婿殿だけが頼りなのだ」

頼りにしていた信長が、本能寺で家臣に殺され、家康は突然後ろ盾を失った。織田家が推し進めていた甲斐信濃《かいしなの》の攻略と、その後の関東侵攻が雲散霧消し、周辺の諸大名の敵意の矛先が一気に家康に向けられた。

最も厄介だったのが、関東の雄、北条家であった。

北条家とは駿河と相模の国境にて幾度も争ってきた間柄である。しかし、信長の死後、織田家の後継争いが勃発し、秀吉がめきめきと頭角を現すなか、関東に目を向けている余裕などなかった。

家康は娘を氏直に嫁がせ、北条家と手を結んだのである。

よもやそれが、己を窮地に陥れるなどとは、その時には思ってもみなかった。

「儂が豊臣を裏切り北条家に与《くみ》するという噂が陣中に流れておる」

敵の忍の策謀であろう。

「関白殿下は笑って聞き流しておられるが、腹の底ではどう思われておられるか」

秀吉は腹の底が見えない男だ。

そんな男は、家康にとって唯一といって良い。あの信長でさえ、常人では考えられぬような情動を時折見せるというだけで、腹の底は見極められた。どちらかというと、信長の心の底は童のように幼かったから、見透かすこと自体は容易な部類であった。

秀吉は見えない。

「初めて会った時からじゃ。あの男だけはなにを考えておるか、わからん」

信長に名を教えられ、足軽頭《あしがるがしら》であると知った時、まだあの男は藤吉郎《とうきちろう》と名乗っていた。家康はその時すでに三河の領主で、信長の同盟相手。立場には天と地ほどの差があった。秀吉は卑屈なまでに額を床に擦《こす》り付け、猿と呼んでくだされと、わざとらしいくらいに媚《こ》びへつらってきた。

見え透いた阿諛追従《あゆついしょう》を家康は好まない。三河の武士たちは、実直を尊び、口よりも行動でみずからを示すことを美徳としている。家康の周りを固める家臣たちも、得意とする物は違えど、みずからの才を存分に示し、功を立てて己を示す。

苦手だ。

己に媚びる秀吉の笑顔をはじめて見た時、家康は素直にそう思った。

が……。

嫌いにはなれなかった。苦手ではあるが、嫌悪の情は不思議と湧いてこない。

そうだ。

あの時から家康は、秀吉という男の腹の底を見極められずにいるのである。媚びへつらっているように見えて、あの男の心は家康にひれ伏していなかったのだろう。おそらく、信長にさえ、秀吉は一度として心の底からひれ伏したことはないのかもしれない。

読めないからこそ、恐ろしい。

「氏政《うじまさ》じゃ。すべてはあの男の所為《せい》よ」

憎々し気につぶやく家康を、闇は静かに見守っている。

北条家の当主は氏直であるが、隠居した先代の氏政がいまだに家中に隠然たる影響を及ぼしていた。

秀吉から幾度となく出された上洛《じょうらく》要請をことごとく断り、豊臣《とよとみ》家と北条家の亀裂を修復できぬところまで悪化させたのは、先代氏政である。

九州征伐を終えた秀吉は、全国の諸大名に総無事《そうぶじ》の令を発した。関白である秀吉の許しなく、勝手に戦をしてはならぬという命である。

この命に逆らうということは、関白に逆らうということ。つまりは朝廷を敵に回すことになる。朝敵となれば、日ノ本の大名すべてを敵にまわしてしまう。

秀吉は総無事令によって、いまだみずからに服していない大名をも、屈服せしめたのだ。

が……。

北条は叛《そむ》いた。

発端は、秀吉が間に入って行われた徳川と北条の和睦《わぼく》にある。信濃を奪い合っていた両家は、秀吉の調停により和睦を成した。この時、徳川の与力という立場であった真田の領地を、北条は欲した。秀吉が真田を説き伏せ、沼田《ぬまた》城と沼田領、そして岩櫃《いわびつ》領の三分の二を譲り渡すことで、和議は成立することになっていた。もちろん真田は代替えの領地として川中島の地を秀吉に約束されていた。

しかし、領地の引き渡しに不手際があり、割譲される領地内にあった名胡桃《なぐるみ》城を、北条家の兵が攻め、強引に奪うという事件が起きる。

己の許しなくみだりに戦をすることを禁じた秀吉は、面目を潰され激怒し、北条家は豊臣の敵となった。

氏政だ。

家康は歯噛みする。

北条家の四代目として生まれた氏政にとって、成り上がり者の秀吉に頭を垂れることはその矜持《きょうじ》が許さなかったのだろう。上洛の要請を幾度も拒み、名胡桃城を力で奪い取り、秀吉の面目を潰し、それでもなお北条家は許されると思っていたのかもしれない。

関東は北条でなければ治まらぬ。

尊大な誇りが、秀吉を侮《あなど》らせたのだろう。総勢二十万という大軍が関東に押し寄せるとは、氏政は思ってもみなかったはずだ。

「あの舅《しゅうと》殿がおっては、北条は終わる」

だからこそ、氏直なのだ。

「なんとしても婿殿に会《お》うて、父を売る決断をさせるのだ。氏政を差し出せば、関白殿下も北条を潰しはしまい」

減封は免れないだろう。が、娘の嫁ぎ先が滅びるよりも、何倍も増しである。

「いっそのこと……」

闇がささやく。

「先代を亡き者にいたした方が早いのでは」

「馬鹿を申せ」

闇を見ずに家康は吐き捨てた。

「城の中で舅殿が死んでしまえば、関白殿下は北条を許しはせぬ。頭を下げさせるのだ。尊大な矜持で膨れ上がった氏政の重い頭を、関白殿下の目の前で。でなければ、殿下の怒りは収まらぬ。それができるのは、婿殿だけじゃ。婿殿が家臣をまとめ、氏政を孤立させて城の外に放逐する。その後は儂に任せてくれればよい。あの不遜な舅殿を、猿の面前に引っ張っていくのは儂の役目よ」

韘《ゆがけ》に覆われた拳に脂汗が滲《にじ》む。

「良いか半蔵。伊賀の忍の力を結集させ、なんとしても本丸屋敷にいる氏直殿に会うのじゃ。そして氏政を売ることを承服させるのだ。それしか北条家が生き残る道はないと、儂が言うておると申してな」

「承知仕りました」

「行け」

闇が幔幕の三つ葉葵《あおい》に溶けた。

＊

「小田原に行けと申されましたか」

水の中に浮いた城を見つめる主の渋面《じゅうめん》に、出浦対馬守盛清《いでうらつしまのかみもりきよ》は静かに問うた。

「関白殿下直々《じきじき》の命だ」

「某《それがし》を所望されておられるのですか、関白殿下が」

主は黙ってうなずいた。

「我等の戦はまだ終わっておりませぬぞ」

対馬守はそう言って、眼前の城を見た。

水の中に見える城は敵の物だ。

忍《おし》城という。

小癪《こしやく》な名だと対馬守は思う。忍の城などという生意気な名も癪に障《さわ》るが、それ以上に腹が立つのが、この城がいつまで経っても落ちないということだった。

「治部少輔《じぶのしよう》殿の御指図で、こうして水を張ったが、敵は音を上げる素振りもない」

北条の諸城を落とす別動隊の総大将を秀吉に命じられた石田《いしだ》治部少輔三成《みつなり》は、落ちない忍城を追い詰めんと、川を堰き止め、水攻めを敢行した。

「もとよりこの辺りは湿地にて、水攻めには適しておりませぬ」

「治部少輔殿は関白殿下に心酔されておられる故、その戦を真似たのであろう」

備中高松《びつちゆうたかまつ》城の水攻めは、秀吉の武功として語り継がれている。

「このままでは堰《せき》が保《も》ちませせぬ。決壊するのは目に見えておりまする」

「あの御人は、かたくなな御方だ。やらせておくしかあるまい」

「我が手下を用い、城内を攪乱《かくらん》させ、奇襲をかけましょう」

対馬守が率いるのは、かつて武田家の忍として名を馳せた〝三ツ者〟と呼ばれる者たちである。

武田が滅びた後、いまの主に拾われた。

真田昌幸《まさゆき》。

それが今の主の名である。

「御主は、関白殿下の元に行け。この場は我等でなんとかする」

「しかし」

「御主の三ツ者としての腕を、関白殿下は所望されておるのだ。直々の御呼びということは、小田原攻めの根幹にかかわる務めを任されるに違いない。御主の働きが今度の戦を終わらせるやもしれん。小田原が落ちれば、こんな城は落ちずとも戦は終わる。こんな所で歯嚙みしておる場合ではない。さっさと小田原へ行け。そして、功を上げるのだ。これは儂の命じゃ」

「殿……」

「行け対馬守」

「承知」

対馬守は不承不承、頭を垂れた。

三

「良う来た、良う来た」

機嫌良く言った猿面冠者がひらひらと振る金扇のむこうで、筋骨たくましい男たちが褌《ふんどし》一丁で汗みずくになりながら働いている。山の斜面に築かれた石垣の上に、白木の柱が幾本も立てられていた。すでに出来上がりかけの骨組みは、見事な天守を形作っている。

小田原城の南西に位置する早川山《はやかわやま》に、対馬守は呼ばれていた。

「見てみい対馬」

突き出た石垣の突端に立った秀吉が、折り畳んだ金扇の先を鬱蒼と茂った森の方へとむける。

「この先に小田原城がある。見えるか」

「いいえ」

対馬守は首を左右に振った。秀吉が指し示した先は、無数の木々が壁となり対馬守の視界を遮っている。

「そうであろう、そうであろう」

正直に答えた対馬守の態度に、秀吉が上機嫌に言いながら扇でみずからの掌を叩く。全身で機嫌の良さを誇示してみせる秀吉の態度を、対馬守はいささか怪訝に思う。

秀吉の家臣たちが、二人を遠巻きに見守っている。そのなかには、派手な衣を着込んだ女房衆の姿もあった。政《まつりごと》の場というよりは、秀吉の行楽に付き合っているような感慨を覚えてしまう。

関白太政大臣、豊臣秀吉。

本来なら対馬守が目通りの叶うような相手ではない。

だが……。

そんな立場の者にも、対馬守は面会することがないわけではなかった。

表向きの役目ではなく、三ツ者としてならば、立場の別など関係ない。主の命があれば、相手が関白であろうとも、対馬守は目通りを許されるし、務めの内容如何によっては、密かに寝所を訪れ二人きりで会うこともある。

「御主に見えておらぬように、敵にもここが見えておらぬ。それがどういうことか、わかるか。うん？」

先端で虚空《こくう》に円を描くようにしながら、片膝立ちで控える対馬守の面前に金扇をむける。空の腕を後ろに回して腰を支えながら、膝を忙しなく上下させ、機嫌良く笑っている姿は、田楽舞の猿を思わせる。金糸銀糸で彩られた煌《きら》びやかな衣の所為《せい》で、滑稽さがより際立っている。

この男の生まれは百姓であったらしい。

どこまで昇り詰めても、生まれは払拭《ふっしょく》できぬということか。

ならば己も……。

対馬守は思う。

出浦家は清和源氏《せいわげんじ》の庶流、村上《むらかみ》氏に連なる名家である。村上氏の当主であった義清《よしきよ》は、あの武田信玄《しんげん》を二度にわたって退けた後に上杉に降《くだ》り、川中島での両家の争いの端緒を作った。

一方で父は、信濃攻略を着々と進める信玄に降り、対馬守は武田家の臣となった。

己は侍だ。

だが。

三ツ者の棟梁でもある。

いったい生まれとはなんなのか。対馬守にはよくわからない。

「わからぬのか対馬守」

思惟《しい》の只中にあった対馬守は、突然聞こえた秀吉の声にわずかに動揺したが、表にはいっさい出さず、かすかに目を伏せた。

「敵に秘したまま、この城を完成させる御積りなのでしょう」

「そうじゃ」

また も猿が扇で掌を叩く。

笑みに歪《ゆが》む関白の目尻に細かい皺《しわ》がびっしりと走っていた。

五十をとうに過ぎている。

烏帽子《えぼし》の下の奇麗に結《ゆ》い上げられた髪は、白いもののほうが多かった。もはや、いつ死んでもおかしくはない。

それでもまだ、新たな領地が欲しいか。

天下が欲しいか。

それが侍……。

そう思うと、対馬守はとたんに己が侍であるということに自信が持てなくなってくる。

対馬守にはこの男ほど熱烈な欲がない。

人並みの暮らしがしたいとは思う。だが、出世や栄達というものには、昔から興味がなかった。誰かに抽んでて己を示すことで、人より上の立場になることのどこに魅力があるのか。正直対馬守には良くわからない。

力を示すこと自体は良い。

誰かに抽んでること自体を嫌悪しているわけではない。どちらかというと、対馬守は余人よりも己のほうが優れていると思えることに、こだわりを持っている。余人より優れていると素直に思えるために、修練を怠らない。武芸だけではない。忍としての修練も同様だ。

それでも……。

抽んでて、誰かの上に立とうとは思わない。抽んでていればそれで良い。そこで完結している。誰かに勝った。誰かより上の立場になったと、ふんぞり返ることが、浅ましいと思えてしまうのだ。

欲はある。

だが、誰かを足蹴《あしげ》にして奪うような強欲さはない。

「この城を密かに建てるために、我が手下の忍どもは、すべてこの山に配しておる」

たしかに、心当たりはあった。

秀吉の使いとして現れた侍に誘われながら山を登っている間、そこここで人の気配と遭遇したのだ。気配は感じるが、人影はいっさい見当たらない。三ツ者の棟梁である対馬守の目から見ても、どこにも人の姿はないのだ。木々の間に隠れているのだろうが姿は無い。腕前は本物だと感心した。

「儂の命よりも、この山を守れと申してな。かかかかか」

どこまでが本心でどこまでが冗談なのか。おどける猿の心根の奥底が、どうしても見極められない。

この男は対馬守の対極にいる。

百姓の生まれでありながら、欲望のおもむくままにのし上がり、人の極みにまで上り詰めた男だ。

欲の権化《ごんげ》である。

見た目は矮小《わいしょう》な猿だ。かつての主、織田信長などは、禿鼠《はげねずみ》と呼んだらしいが、言い得て妙であると、対馬守も思う。どれだけ煌びやかに身形《みなり》を飾ってみせても、襟《えり》の隙間から飛び出した皺におおわれた首と貧相な顔が、秀吉という男の本性を露《あら》わにしているから、威厳もへったくれもない。

しかし。

だからこそ、この男の性根を読み切れないのだ。偉い。とてつもなく偉いのだ、この男は。なのに、己の下劣な品性を隠そうとしない。重そうな刺繍《ししゅう》だらけの装束で、みずからの身分をひけらかしながら、貧しい生まれであることを隠そうともしない気さくな態度を取って見せる。一見すると人懐《ひとなつ》こいように見えるが、その底抜けな明るさもどこまでが芝居なのかが判然としない。底抜けに明るいだけの男が、百姓から関白になれるわけがない。実際、この男はこの陽気な気性とは裏腹に、戦場では幾度も苛烈な攻めを行っている。備中高松城とともに、秀吉の中国経略の大戦となった鳥取《とっとり》城では、何ヵ月も城を取り囲み、武士も民も関係なく老若男女を飢殺《かつえごろ》しにした。

この陽気さに迂闊《うかつ》に心を許せば、痛い目を見る……。

猿面冠者の矮小な総身に漂う尋常ならざる妖気が、これまで数え切れぬほどの修羅《しゅら》場《ば》を潜り抜けてきた対馬守の勘をこれでもかというほどに刺激してくる。

近づくな。

対馬守の身中で、生きたいという衝動が必死に叫んでいる。

「この城が出来上がったら、目の前の木を全て切り払う。その時になってはじめて敵は知るのじゃ。難攻不落と信じておるみずからの城の目と鼻の先に、これほど大きな敵の城が築かれたことをな。墨俣《すのまた》の一夜城……。御主は知っておるか」

「勿論にござります」

まだ秀吉が信長の家臣であった頃、美濃《みの》の斎藤義龍《さいとうよしたつ》攻略のため、墨俣に城を築いた。織田家の重臣たちが幾度も企《たくら》み、阻まれてきた墨俣築城を、秀吉は一夜のうちに成し遂げたという。

「本当は幾日もかかったのだがな」

そう言って秀吉はぺろりと舌を出す。

当たり前だ。

城が一夜でできる訳がない。

「川並衆《かわなみ》を抱き込んで、築城用の資材を部材ごとひとまとめにして、敵に知られぬように一気に運んだんじゃ。それからは昼も夜もなく総出で人足仕事よ。儂も必死になって土を運んだ。ははははは」

言いながら秀吉が天秤棒を担ぐふりをする。

この男には人の境がない。対馬守のような男にも、まるで旧知の友のように気さくに語り掛ける。そして、その態度に、いっさいの下心がうかがえない。素直であればあるほど、この男に惚《ほ》れこんでしまうだろう。

惹《ひ》かれる。絆《ほだ》される。誑《たぶら》かされる。

対馬守も気が緩んでいたら、やられていたかもしれない。関白でありながら、これほど気さくに語り掛けてくれるのかと、心を震わせたかもしれぬ。

だが。

三ツ者として呼ばれた。

忍として対馬守はここにいる。

どんなに心を許した者であろうと、殺せと命じられたら躊躇なく殺す。それが対馬守の務めである。

こんなわかりやすい人たらしに騙《だま》されるほど、心を開いてはいない。

「数日かかろうとも、人の口にかかれば一夜城として語られる。北条の阿呆どもも、儂が一夜で城を建てたという話は知っておろう。たとえ、作り話だと思うておったとしてもな」

秀吉の笑みに歪んだ瞼《まぶた》の奥で、小さな瞳が妖しく輝く。

「この山に昨日までなかった城が、夜が明けると同時に現れる。それを見た北条の阿呆どもはどう思うだろうのぉ。秀吉の一夜城……。その逸話を思い出す者もおろう。ふふふ」

これまでの陽気な声音とは一変した悪意に満ちた声で、老いた猿が笑う。

「それが戦よ。対馬守」

違う……。とは、対馬守は言い切れなかった。

武勇を専《もっぱ》らとする大名や侍たちにとって、戦とは戦場で槍を振るいどれだけ首級を上げるかであるだろう。恵まれた体軀《たいく》を存分に振るい、武勇自慢の敵と刃を交えて正々堂々殺し合う。それこそが戦の本分であると信じて疑わない侍は多い。

だが。

秀吉は違うのだ。

そして、対馬守の主もまた、正々堂々や武勇などという言葉とは無縁の男であった。

「表裏比興《ひきょう》の者と呼ばれた昌幸の飼い犬なのだ。御主にもわかるじゃろう」

肯定の意を込めたうなずきで応える。

対馬守の主、真田昌幸は信濃の己が領地を守るため、幾度も同盟相手を代えた。上杉と手を結んだかと思えば、北条。北条と手を切ったかと思えば、また上杉と、手を組む相手を次々と代え、いまは秀吉に臣従して徳川家の与力となっている。その徳川家とも、上杉と手を組んでいた頃に敵対し、居城である上田城で完膚《かんぷ》無《な》きまでに叩《たた》き潰した。

手練《てれん》手管《くだ》、智謀の限りを尽くして国を領する大名たちとまっこうから向き合い、小さな領地を守ってきた昌幸という男を、対馬守はみずからの主に足る男だと思っている。

「この城を見て、戦おうという気を削がれた北条の背中を、もうひと押ししたいのじゃ」

「それは……」

「戦に勝つためよ」

どうやら秀吉は力攻めを考えてはいないらしい。手練手管で落とすつもりなのだ。

「後詰《ごづめ》も無く、城を枕に死のうと思うておる者どもじゃ。兵は五万あまりやも知れぬが、民まで入れれば、我が方の兵と変わらぬほどの数となろう。敵が攻めてくるともなれば、侍も民もない。民草どもも竹槍を持って襲うてくるわい」

口をへの字に曲げて、猿がうんざりするように首をゆらゆらと左右に振った。

「そのような死に物狂いでやって来る敵と、我に従うてくれた大名衆の大事な兵を戦わせるわけにはゆかぬでな。すでに勝負は見えておるのだ。人死には少なければ少ないほど良い。そうは思わぬか対馬守」

「関白殿下の御慈悲に感服仕りました」

「見え透いた追従《ついしょう》などいらぬわい」

猿の声から陽気が消えた。

対馬守は頭を垂れたまま口の端を吊り上げる。

踏み込んでみた。

出方をうかがうために。

やはり老獪《ろうかい》な猿は、こちらの追従に態度を硬化させた。おそらくは、本心から気分を害したわけではない。気さくな関白に、容易に気を許そうとする愚か者を制するための、牽制なのであろう。

「本心から思うたことを申したまでにござります。決して他意はござりませぬ」

「ふん」

焦りを微塵《みじん》も滲ませぬ揺るぎなき返答をした対馬守の態度を、秀吉が鼻で笑う。皮肉じみたその声に、対馬守はわずかな上気を見た。対馬守が間合《けど》いに踏み込んだのを観察のためだと悟った秀吉は、ちらつかせた牙をこちらが気取ったことに満足したのだ。

なんとも……。

食えない猿である。

「まぁ良い。とにかくじゃ。勝敗を決するため、北条の背中を押す一手を、其方《そなた》には頼みたい」

「何故に某《それがし》なのでござりまするか」

正直な問いを投げる。

右の眉尻を吊り上げながら、秀吉が先をうながす。対馬守は誘われるようにして、言葉をつづけた。

「小田原の陣中には日ノ本に名の知れた忍がおりましょう。毛利の世鬼《せき》に、上杉の軒《のき》猿《ざる》。徳川には伊賀の服部半蔵……」

「真田が良いのじゃ」

「何故に」

「真田は北条の味方であり、敵でもあった。其方も小田原には明るいのではないか」

「たしかに主に従い、小田原城にも幾度か入ったことがありまする。が、その頃と今とでは、縄張りもなにも違うておりまする」

秀吉と敵対することになり新たな普請をした小田原城は、街を丸ごと飲み込んでしまっている。

「それでも中枢は変わるまい。家臣たちの屋敷もな」

見えた。

猿の目論見《もくろみ》が。

「家臣を崩せと申されまするか」

「ふふ」

猿が妖く笑う。

「殺すなよ」

「寝返らせまするか」

「惜しいな」

殺さず、寝返らせず。いったい猿はなにを策しているというのか。

「重臣の親族をまずは寝返らせてほしい。氏政に近ければ近いほど良い。親族もまた、近ければ近いほど良い」

それではただの寝返りではないか。対馬守は黙して、猿の企みがすべて披瀝《ひれき》されるのを待つ。

「寝返らせた後に、今度は別の親族に寝返り者が出たことをそれとなく報せるのじゃ。こちらは忠義に篤《あつ》い者が良い」

「仲違《なかたが》いでござるか」

「できれば、評定《ひょうじょう》の席で……」

心底から嬉しそうに、秀吉が恍惚の笑みを浮かべながら虚空をうっとりと眺める。

「忠義の者が、裏切り者を讒言《ざんげん》し、その有様をなにも知らぬ重臣が目の当《ま》たりにして呆然とする。それを上座で氏政が見る……。いったいあの強情者はどうするであろうかのぉ。三人とも家臣たちの前で斬り捨ててしまうか。それともなにも出来ずに震えるか。ふふふ」

秀吉が両腕を大きく広げ、対馬守には見えない虚空に浮かぶ何物かを摑もうとする。

「すでに領内の城もことごとく落ちておる。出来上がったこの城を目の当たりにした後のことよ。家臣どもが仲違いをし、敵に膝を屈しようとする者が己の身近におることが知れる。氏政が斬り捨てようが、なにもできまいが、隠居のやりようを、皆が見ておる。息子の氏直も見ておる。このような惨状で、いったい誰がまともに我等と戦えるというのじゃ。間違いなく北条は終わる。のぉ、対馬守。人死には少なければ少ないほどよい。おぉ、夕暮れじゃ。ほら、聞こえるか」

耳に掌を当てて、秀吉が視線を宙に泳がす。

「女どもが騒いでおる。男どもが喜んでおる。歌っておるぞ。吞《の》んでおるぞ。大名衆の陣中じゃ。商人どもの商魂には恐れ入るわい。儂が戒めぬことを知ると、大名衆の陣所のことごとくに現れ、酒と女を夜な夜な売りに来よる。いまや関東じゅうの遊び女《め》たちが、この小田原に集まっておるわい」

秀吉の言う通り、陽が西に傾きはじめた頃から、楽しそうに騒ぐ男女の声が聞こえてきた。まるで盛大な宴のような声が、静まり返った小田原城を囲んでいる。

「たまらぬであろうのぉ、城の中の兵どもは。打って出て戦うこともままならず、囲んでおる敵の遊び騒ぐ声を毎夜聞かされるのだからな」

これもまた。

猿の戦なのだ。

この男が削っているのは敵の数ではない。

心だ。

数で敗れた敵は、力を盛り返せば再び敵となる。しかし、完膚なきまでに心を砕かれた者は、二度と相手に逆らいはしない。この男には敵《かな》わない。あんな想いをするくらいなら死んだ方がましだ。そう思った者は、ふたたび猿に逆らうことはない。

「北条を生かすおつもりですか」

「いや」

きっぱりと猿は言い切った。

心を削ぎ、歯向かうための牙を完全に抜きながら、それでも猿は北条を殺すという。

「じわじわ苦しめ、死ぬ方が増しだと思わせてから、許しを乞わせる。その上であえて殺してやる。それだけの無礼をあの男は働いたのだ。絶対に許しはせぬ。五代続いた程度でなにが名家じゃ。御主も成り上がり者の裔《すえ》のくせに」

己と北条は同類である。猿はそう言いたいのだ。

氏政は猿の心の触れてはならぬ奥底に、踏み込んでしまった。そして、この男のにやけ面《づら》の裏にある本性を露わにしてしまったのだ。

「おい」

周囲で見守る家臣たちに、秀吉がおもむろに声をかける。すると、四十に手が届こうかという年頃の涼しげな眼をした男が、静々と二人に近づいてきて、対馬守の隣に並んで片膝立ちになり関白に頭を垂れた。

「堀久太郎《ほりきゅうたろう》じゃ」

顎で男を指ししめしながら、猿が言った名を、対馬守は知っている。

堀秀政《ひでまさ》、通称、久太郎。

信長に小姓として仕え、才を見いだされて大名に取り立てられた男である。信長が本能寺で死ぬと、すぐに秀吉に接近。清洲での重臣による評定において、織田家の跡継ぎとなった三法師《さんぼうし》の後見を秀吉が買って出ると、幼い織田家の傅役《もりやく》を任じられた。

戦働きも政も、器用にこなすことから、付いた仇名が名人久太郎。羽柴《はしば》の姓を与えられるほど、秀吉の信頼も厚い男だ。

「これより先は、御主との連絡は久太郎が取る。なにかあった時は、久太郎の陣所へと使いを出すのだ。儂からの命も久太郎に伝える故、くれぐれも儂の陣所には近づくな」

事が露見したとしても、あくまで今回の謀《はかりごと》は堀家のものだということにしたいのか。露見するということは、しくじった時だ。己の名が汚れぬための手も打っておく。そうでなければこれほどの出世などできはしないのかもしれない。

「堀秀政にござる」

片膝立ちのまま対馬守に正対して、秀政が深々と頭を下げた。

「出浦盛清にござります」

「対馬守殿は真田殿からの御預かり物にござる。欲しき物、手助けの必要なことがあれば、なんなりと仰せくだされ」

どんな無理難題でも承《うけたまわ》る。

そんな自信が、秀政の言葉の裏に潜んでいた。

「儂と其方が会うのはこれが最後となるであろう。楽しかったぞ対馬守」

猿が言い残し、二人の間を割るようにして背後の輪の方へと去ってゆく。対馬守の脇を抜ける時、ぽんぽんと二度秀吉は肩を叩いた。

重くもなく、軽くもない、妙に体の芯に残る衝撃を、対馬守は終生忘れなかった。

四

落ち目であるのはわかっている……。

それでも茂助《もすけ》は北条家をどうにかしたいと心の底から思った。

なにもない。

腰に結んだ綱で体に巻き付けていなければ、崩れてしまいそうな襤褸《ぼろ》布をまとい、いつ替えたのかすら覚えていない、もはや元が何色であったのかさえわからない褌《ふんどし》を付け、男たちの列に並んでいる。

今日中に己の番が来るのだろうか……。

不安になってくるが、ここで逃げるわけにもいかないから、朝から遅々《ちち》として進まない列の中程に陣取っている。

よもや、まだこれほどの男たちが、兵にもならずに城内に屯《たむろ》っていたかと、今更ながらに驚かされる。茂助のように見るからに着の身着のままの貧者は少ない。手に槍を携え、身形も小奇麗な侍や、腕自慢の町人たちが、そわそわしながら己の番を待っている。兵となって腹を満たしたいなどという、浅ましい心根の者もなかにはいるのだろうが、茂助の目には、そのような者は見当たらず、北条家のためになりたい一心で列に加わっている者たちばかりのように見えた。

かくいう茂助も、そんな一人である。

城下の端で田畑を耕して生きて来た。もちろん、己の持ち物ではない。名主の田畑を任され、与えられるわずかな作物を食いつないで生きている。

主家などという物がこの世に存在しているなど、生まれてこの方、茂助は考えてもみなかった。祖父や父の頃から、茂助たちの上にいるのは名主様であり、それから上のことはぼんやりと存在していることは知っているし、それが侍であり、北条というのが一番偉いことも知ってはいた。それでも、そんなものは雲の上の話であって、己には一生関係ないことだと思っていた。

田畑を耕し、作物を作り、飯を食らって寝る。

それだけ。

夏は暑いし、冬は寒い。一日中鍬《くわ》を振るえば腕が上がらぬようになるし、何日も雨が降らないと夜も眠れない。名主様に納める作物が足らぬとなれば、首を括《くく》るか田畑を捨てて逃げねばならぬし、茂助には茂助なりの悩みや苦しみがある。それでも、名主様やそれより上の方々の悩みや苦しみを、無い頭で我が事として夢想すると、なんだか七面倒臭そうだ。己には関係ないと斬り捨てて考えないで生きる方が、茂助には性に合っていると自分でも思う。

侍様のことなど他所事《よそごと》である。

知ったことではない。

なのに……。

囲まれた。

天主様がおわす京の都で大層出世した御武家様の怒りを、名主様の田畑を領している北条の殿様が買ったという。戦になりそうだと茂助が聞いた時には城の普請が始まって、筋骨たくましい人足たちが、茂助の村ごと塀《へい》で囲った。村人のなかにも頭の良い者がいて、北条もこれで終わりだと言って、次の朝には家族ごと姿を消していたという者も一人や二人じゃなかった。茂助はなにもわからないから、とりあえず村に残っていた。そうこうするうちに戦がはじまり、茂助は城に籠《こも》ることになってしまった。

新たに築かれた塀のむこうに敵の侍たちの旗が見え始めると、本当に戦が始まったのだと否が応でも痛感することになる。

十万。

城を囲んでいる敵の数だという。そのほかにもう十万いて、北条家の領内に点在する城を虱潰《しらみつぶ》しに落としてまわっているそうなのだ。

負ける。

ともに城に籠った村の仲間たちも、口々に気弱な言葉を吐いている。北条家は滅び、新たな領主がやってくる。それは家康であるとか、秀吉の子飼いの何某《なにがし》であるとか、口々に言いたいことを皆が言っている。

茂助は正直どうでも良かった。そんなことより、することがあるじゃないかと思った。

四十五になるこの年まで、こうしてこの地で田畑を耕し生きてこられたのは、北条様が小田原を守っていてくれたからではないのか。浪速《なにわ》の猿に睨《にら》まれたからといって、落ち目だ落ち目だと騒ぎ立てるだけでなにもしない。そんな卑怯者にはなりたくなかった。

そう思ったらじっとしていられなくなった。

敵は二十万もの大軍である。

人は多ければ多いほど良いはずだ。

己も北条様のために戦いたい。

思うより先に体が動いてしまう性分の茂助は、気付けば元から城の裡であった小田原の街へと着の身着のまま赴いていた。

そして。

こうして募兵の列に加わっている。

笠原政晴《かさはらまさはる》様の御屋敷であるという。列に並んでいる者の話では、笠原様の父親は、北条家の家老職に就かれている松田憲秀《まつだのりひで》様であるらしい。

北条家の家老職といえば、茂助にとっては途方もない御人だ。

そのような方の御長子の屋敷の門前に並んでいるという事実が、いまだに信じられない。

〝身分は問わぬ。我が陣中に侍《はべ》り功成したき者あらば、屋敷に参じるべし。面談の上、仕官の可否を計る〟

との御達しが笠原様から町内に出されたという噂を聞きつけた茂助は、下人でも構わぬという覚悟で、門前に駆けつけたのである。

北条家のために……。

あわよくば。武功など立てた時には、己も侍に。

不遜な欲が無いわけではない。

「長いのぉ」

背後から肩を叩かれた。声が聞こえ、振り返ろうとした茂助の目が、肩に手を置いた侍の顔をとらえた。三十半ばというところか。茂助より若い。四角い顎にびっしりと髭《ひげ》を蓄えた男は、紺《こん》地の衣に黄の羽織を着込んだ、こざっぱりとした身形《みなり》をしていた。右手に背丈の倍ほどもあろうかという槍を携えている。

牢人という言葉が茂助の頭を過《よぎ》る。

主家を持たず、諸国を流浪して仕官を望む侍をそう呼ぶということを、昔誰かから聞いたことがあった。

「御主はいつから並んでおるのだ」

「へ、へぇ……」

「儂が昼頃訪れた時には、すでに其方《そのほう》はここにおった」

「い、いや。さほど変わらねぇと思いますがね。だって、こんだけの列で、儂と御侍《おさむれ》ぇ様の番はひとつしか変わらねんだから」

「それはそうだ。はははは」

ぎょろりとした目を線のように細くさせて、男が豪快に笑った。

「お、御侍様はその……」

「あいや、無礼であったな。儂は風間典膳《かざまてんぜん》と申す。故あって主家を持たず、諸国を流れ歩いておるのだが、其処元《そこもと》と同じく、今度の笠原様の仕官の誘いに馳せ参じ、ひと旗上げんと思うておるのよ」

別に茂助はひと旗上げようなどとは思っていない。わずかな武功を上げて、侍の末席に加えてもらえれば上々くらいの小さな欲が心の片隅に転がっている程度のものだ。

気付けば茂助は、列に背中をむけるような形で風間と名乗った侍と向かい合っていた。

「見たところ其処元は地の者であろう。名主を通して、陣触れはなかったのか」

戦になれば、陣触れがあり、領主様から名主様へと話があって、定められた人数を兵として出さなければならない。

「い、いや何故だか、儂ぁ外されたみてぇで」

あれよあれよといううちに戦が始まり、敵が城のまわりを囲んでしまったから、何故己が戦働きに駆り出されなかったのか考えてもみなかった。

「北条様の広大な御領内から御家中の方々が兵を引きつれ城に入られておるからな。小田原城下での徴集はさほど厳しくはなかったのやもしれぬな」

みずからで納得したかのように、風間と名乗った侍が髭に覆われた顎を何度も上下させている。

「おい」

風間の背後から声が飛んだ。

男が茂助を睨んでいる。

「え……」

睨まれて、恐れが声から漏れ出す。

「進んでるぞ」

男が顎で茂助の背後を指し示す。振り返ると、男が言う通り、いつの間にか列が門の方まで進んでいた。

「も、申し訳ありやせん」

ぺこりと頭を下げ、茂助は前に進んで列を詰めた。

「相済まぬな。拙者が声をかけてしもうた故《ゆえ》、この御人が足を止めてしもうた」

風間が振り返って、声をかけてきた男に謝る。

声をかけてきた男も侍のようだった。風間のような身奇麗な身形ではないが、腰に太刀《たち》をたずさえ、目付きに茂助のような人間には終生身に付かなそうな悪辣《あくらつ》な殺気が揺蕩《たゆた》っている。少しでも機嫌を損ねるようなことを言えば、腰の太刀で真っ二つ……。そんな不穏な気配が、男の総身から滲みだしていた。

「良いから黙って進め」

言って男が風間を睨む。

「そんなに邪険にせんでも良いではないか。儂は風間……」

「典膳」

風間が名乗るのを止めて、男が言った。分厚い眉の端を吊り上げながら、男が頭ひとつ分ほど背丈が大きい風間を睨むようにして見上げる。

「そんな下人か百姓かわからぬような者に、気安く名乗るものではなかろう」

「声をかけたのは儂の方なのだから、儂から名乗るのが筋であろう。おぉ、そうだ」

言って風間が茂助の肩を叩く。巻き込まれたくないと思い、体を前にむけ肩越しに恐る恐る成り行きをうかがっていた茂助は、豪快に肩を叩かれて思わず振り返ってしまった。

「其処元の名を聞くのを忘れておった」

「おい」

背後の男が機嫌悪そうに声をかけるのを無視して、目を爛々と輝かせた風間が茂助を見つめる。

「名じゃ」

「え」

「其処元の」

「も、茂助と申しやす」

つい答えてしまった。そして、後悔した。こんな面倒そうな二人に名を知られて、この先どんな災厄があるかもわからない。

「そうか茂助殿か。よろしくな」

なにが、よろしくなのか……。

「おいっ」

風間の背後の男がまた苛立ちを露わにして顎を突き出す。

また茂助の背後に間が出来ている。

「すみません」

男に頭を下げて、列を詰める。

「そう、苛立っても仕方が無かろう。今日中に我等の番がくるかもわからぬぞ、これは。のぉ、茂助殿」

苛立つ男の剣呑な気配などどこ吹く風といった様子で、風間がからからと笑う。その豪快さは、正直快く思えるのだが、背後の男との面倒に巻き込まれそうな今、迷惑このうえない陽気であった。

「い、いや……」

「途中で終わったら、名を聞かれるのかのぉ。それとも明日また並び直さねばならぬのかのぉ。並び直さねばならぬのは面倒じゃのぉ。この場で夜を明かすか。御主はどうするつもりじゃ」

「儂に聞くなっ！」

振り返った風間に問われた男が、怒りを露わにして叫ぶ。挑発としか思えぬ風間の言葉に、茂助のほうが肝を冷やす。

「茂助殿はどうなされる御積りじゃ」

頼むから……。

儂に話しかけないでくれ。

茂助は笑みに歪んだ頰を引きつらせて、小首をかしげる。

「さ、さぁ……」

本当にどうするか考えていない。今日中に面談を済ませてもらえると思っていた。

「本日はここまでっ！　明日もまた夜明けより門を開き面談をいたす」

むこうに見える門の前に立った笠原家中の侍が、両手を口元に付けて叫んだ。

「あぁあ、やっぱり今日は駄目だった」

気楽な口調で風間がつぶやく。もはや意味を成さなくなった列に背を向け、茂助は男たちのほうを見た。呑気に頬を緩めながら、風間が苛立ちをあらわにしている男に問う。

「どうするつもりじゃ。このまま列に並んで夜を明かすか。御主、宿はあるのか」

「無いわ」

「城に入ってからずっと、宿無しなのか」

信じられぬといった様子で、風間が首を左右に振る。

「寝るところなどいくらでもある。戦になって逃げ出しておる家が山ほどある故な」

「たしかに御主の申す通りじゃ」

うんうんとうなずきながら、風間が茂助に目をむけた。

「御主はどうする」

「わ、儂は……」

正直、今日面談ができぬとは思ってもみなかった。家を飛び出すようにして出てきた手前、面談も受けずに戻るわけにもいかない。

「このままここで……」

「みなで呑まぬか」

「へ」

呆気《あつけ》に取られる茂助だけではなく、風間はどうやら苛立つ男も誘ったような気配である。

「儂の宿ならば酒を用意してくれるであろう。幸い、銭には困っておらぬ身の上でな。ここいらで寝るよりは、良いとは思うぞ。朝、陽が昇らぬうちに戻ってきて、また並べばよいではないか。の、の、そうせぬか。こうして隣り合ったのもなにかの縁じゃ。の、の」

言って、肩に触れようとする風間を、苛立つ男の腕が何度も払い除ける。が、先刻までの殺意じみた眼光の鋭さはどこかへ消えていた。

「宿はどこだ」

「四半刻もかからぬところよ」

「深酒させて儂等を出し抜くつもりではないのか」

「そのような卑劣な真似などせぬよ」

いつの間にか、侍たちは意気投合していた。

「御主はどうする」

問われた茂助は鼻先をかきながら「では儂も」と言って二人に付いて行くことに決めた。

陽の落ち切った夜の往来を三人して歩いている。

はずだったのだが……。

茂助がわずかのあいだ目を離し、再び前を行くふたつの背中に視線を戻した時であった。

「え……」

笠原家の門前を離れて一町《ちょう》も行かぬうちに、二人の姿が音もなく消えていた。

「え、え、え」

往来の真ん中に立ち、茂助は体を大きく左右に振りながら辺りをうかがうが、すこし前まで目の前を歩いていたはずの二人は、どこにもいない。

「な、なんじゃ……。なにがあったんじゃ……」

力無くつぶやき、往来に立ち尽くす。

侍たちは二度と帰ってこなかった。

＊

「あれじゃあ捕えてくれって言っているようなものだぞ」

人気《ひとけ》の絶えた屋敷の奥。戦になる前までは大きな商家だったのであろう。人の子ひとりいない屋敷の、幾重にも張り巡らされた襖《ふすま》の最奥で、風間は男を見下ろしている。先刻まで不機嫌と理不尽な怒りをまき散らしていた男は、手を後ろに回したまま縛られ、体を柱に括《くく》りつけられていた。男が身に付けているのは褌ひとつ。他の衣はこの部屋には無い。男は口に猿轡《さるぐつわ》を嚙まされ、言葉にならない声をうんうんと発しながら、風間を怨嗟《えんさ》に満ち満ちた目でにらんでいる。

「大小の他に、袴《はかま》の下に忍刀《しのびがたな》がふたつ。それに、懐にはくないに、撒菱《まきびし》……。ふふふ、わかりやすい」

言いながら、男の前に、男が身に付けていた得物《えもの》の数々を放り出す。

「使える術があるんなら、使っても良いよ」

男の目の前に得物を転がしたまま、風間が妖しく笑う。

部屋には明かりはない。

開け放たれた襖のむこうから忍び込んでくる月明りだけが、二人を照らすささやかな光であった。

「かざま……」

笑いながら風間が男の前にしゃがみ込む。

「これね、俺の生まれ故郷の名前なんだ」

あっけらかんとした風間の声を、男は唸りながら聞いている。どれだけ大声を出そうとも、人っ子ひとりいない豪商の屋敷の奥では往来まで届かない。

「あんたさぁ、忍になってまだ日が浅いだろ」

得物の上に身を乗り出して、風間が男の鼻先へと顔を寄せる。手を伸ばして引き込みたいのか、牙で喉元を嚙み切りたいのか、とにかく縛られた男が激しく体を揺さぶる。が、厳重に縛り上げられた四肢は、柱に張り付いたまま微動だにしない。

「かざまだよ、か、ざ、ま……。漢字にしてごらんよ。こう読めないかい」

男の耳元に、風間が口を寄せる。

「ふうま……」

聞いた途端、男がこれまで以上に大声を上げて肩を震わせた。

「あははははは、怒った怒った」

笑いながら男から顔を離して風間が手を叩いて喜ぶ。

「どこの忍なの」

首を傾げて問うた。男はうなるだけで言葉にならない声を吐き続けている。

「素直に答えてくれるかい」

男が必死に頭を左右に振る。

「そうだろうね」

言った風間の目に宿る光が、これまでの享楽から殺気へと変じるのを、男はどうやら気付かなかったようだった。

「俺の御頭は小細工が嫌いでねぇ」

言って風間が足元に転がる忍刀を手に取った。素早く鞘《さや》から引き抜くと、切っ先を男の喉元にむける。

「城に忍び込んだ犬を見つけたら殺せ。と、しか命じられていないんだよね。別に、捕らえて拷問《ごうもん》してなにか聞き出す必要はないんだって。それもそうだよな。だって、一匹残らずころしてしまえばいいんだもんな。犬っころをさ……」

「ぐむぅうぅうっ！」

喉の奥からひり出すような苦悶《くもん》の声を男が吐き、顎を思い切り天井の方へと突き出した。伸びた男の首に幾つも走った太い筋が、月明りに照らされてきらきらと輝いているのは、無数に滲む脂汗のせいである。

胡坐《あぐら》の形で固められた男の獣じみた匂いを放つ太腿《ふともも》に、忍刀の刃が中ほどまで吸い込まれていた。あまりにも涼やかに刺し込まれたせいで、刃の形のまま肉が割れていたのだが、痛みで男がばたつく所為で、刃と肉の隙間が出来てそこから血が飛沫《しぶき》となって飛び散る。

「汚ねぇなぁ」

太腿から流れだす血が畳《たたみ》を汚す様を見て、風間が悪しざまに言った。汚れた血から目を逸らすようにして、風間は男を見据えて笑う。

「本当にあんた、未熟過ぎるよ。だってさぁ」

言って太腿から刃を抜き、血に濡れたままの切っ先を、涙を流す男の鼻先に掲げる。

「笠原んところに忍び込んで、仕事をするつもりだったんだろうけどさ、あんなにあからさまに怒りを露わにしてさ、無骨な武芸者であろうとしたのかもしれないけどさ、目立ち過ぎてんだよ。そのくせ、しきりに周りを気にしてさ。すこしでも御頭に報告できるものはないかって、目で探してさ。滲み出てたんだよ。あんたの総身から。忍だって」

言いながら男の面前で刃をひらひらさせる。

「知ってるかい。面の皮剝がれてもさ、人は死なないって」

右耳の下に刃を入れた風間が、下顎の骨に添うようにして左耳の下まで切り裂いた。あまりにも淀みなく素早く切ったせいで、男ははじめなにをされたのかわからなかったが、痛みを知覚したのか、顎から盛大に流れ出した生暖かい血が首を濡らしていることに気付いたのか、悲鳴じみた甲高い声を喉の奥からひりだした。

顔の中央、顎の尖った場所に人差し指と中指を差し込んで、風間が笑う。

「このまま一気にひっぺがしてやろうか」

頭を左右に振る男が、涙声で剝がさないでくれと哀願する。

「あぁ、なに言ってるかわからないよ」

猿轡をされたままの男は、風間にそう言われても、ただただ呻《うめ》き声で頼むしかなかった。

「話すかい」

男がうなずいている。

「誰に雇われたかも」

うなずく。

呆れたように風間が笑った。

「簡単過ぎるよ……」

言うと同時に、顎に突き入れた二本の指と親指で皮を掴んで、風間が一気に腕を振り上げた。しゃりじゃりという湿った音とともに、男の顔の皮がめくれ上がる。

「くそっ」

風間が怒りを滲ませた声で叫ぶ。皮をつかんだ手が、男の下唇の辺りで止まっている。猿轡が邪魔をして、下顎まで剝がしたところで皮が止まったのだ。

「面倒臭ぇなぁ」

風間が男の頭の後ろに手を回し、猿轡を外した。

「言うっ！　言うからっ！　もう止めっ……」

「五月蠅《うるせ》ぇ」

ふたたび皮をつかんだ風間が額まで一気に剝がした。

「ぎゃあぁぁぁぁぁあっ！」

男はもはや飼い主の名を語る余裕すら失っていた。叫ぶ男を見下し、風間がうるさそうに右の耳に小指をねじ込んで回す。

「つたく、嫌いなんだよ」

左手に持ったままの忍刀で男の首を横薙《よこな》ぎに刈る。

「すぐに飼い主を売ろうとする野良犬が」

返り血を避けるように、絶命した男から飛び退くと、風間は二度と骸《むくろ》を見ることはなかった。

五

飯を食っている。

ただひたすらに掻《か》き込んでいる。

北条氏政は、目の前に用意させた今日できうる限りのもてなしを、一切の遠慮もなく腹に納めてゆく男の姿を、微笑を浮かべながら見守っていた。

いつ見ても、惚れ惚れとする食いっぷりである。

五十三になる己よりも、男はふたまわり以上年嵩《としかさ》のはずであった。

風聞を信じれば……。

男は氏政の飼い犬である。いや、氏政だけの飼い犬ではない。父、そして祖父。北条家がこの地に居を定めた時からの長い付き合いであった。

風魔小太郎。

それが目の前の男の名である。

父も、祖父も、その名の忍を飼っていた。氏政が父に初めて小太郎と引き合わされた時から、小太郎はいまの小太郎のままである。

元服して間もない頃であった。

御主もゆくゆくは北条家の総領として関東を統べることになる。政は陽の当たる場所だけを見ていても治まらぬ。影には影の仕事があるのだ……。

父はそう言って、小太郎を引き合わせてくれた。

あれから三十有余年……。

己でもうんざりするくらい、氏政は身も心も老いてしまった。

なのに。

目の前の忍は、父の前に座していた時と同じように豪快に飯を食らっている。

この男の餌なのだ。

飯が餌……。

文字通りの意味ではない。

風魔小太郎という男にとっての最大の報酬が、飯なのである。しかも、ただの飯ではない。その時、北条家が用意できる精一杯の物でもてなす。城でも銭でも女でも役職でも名誉でもない。

食い物が小太郎にとって最大の報酬なのだった。

だから。

小太郎が箸《はし》を止めるまで、北条家の当主は口を挟まない。それは父も祖父も曾祖父も守って来た決まり事であるという。

果たして目の前の男は、誰の頃より北条家に仕えていたのか。

わからない。

もしかしたら……。

氏政が当主となってから、小太郎が別の小太郎と代わっているのかもしれないと思わぬこともない。

身形は変わらない。驚くほどに変わらないのだ。それこそ、はじめて会った時から、小太郎は小太郎のままなのだ。

それがおかしい。

おかし過ぎる。

人は老いるものだ。時には抗《あらが》えない。

死ぬ。

当たり前だ。

しかし目の前の小太郎は、死や老いという、人が決して避けられぬ定めから解き放たれている。少なくとも氏政には、そう思えるのだ。

二十二で家督を継いだ。が、北条家の政は隠居した父が取り仕切っていた。その間も、小太郎は父の飼い犬であった。それから十二年して父が死に、氏政の手元に小太郎が渡る。

小太郎はずっと、小太郎のままだった。

昔も今も。

老いも、もしかしたら死でさえも、小太郎には無縁なのかもしれない。

でなければ……。

氏政は人の理に小太郎を無理矢理はめ込んでみる。

小太郎が人であるならば、目の前の小太郎は氏政が知らぬうちに、いや先代や先々代たちも知らぬうちに、何代にもわたって棟梁の座を引き継いできたのであろう。

納得が行かない。

これほど身近にあって、数え切れぬほど顔を合わせ、うんざりするほど言葉を交わしておきながら、気付かぬうちにすり替わっているなどということがあるのか。

無い。

それが忍だなどという、安易な言葉で推測を止めるつもりはなかった。

直感を信じるならば、小太郎は一度も入れ替わっていない。氏政はそう信じたい。だとすれば、少なくとも三十年以上もの間、小太郎は老いていながらも、それを感じさせぬだけの若さを保っているということになる。

人の理で考えるならば……。

「相変わらずだな」

幾度目かわからぬ山盛りの飯に箸を突き入れながら、小太郎が言い放つ。その目は、己の膝元に置かれた半ばまで身を失った鯛《たい》の焼き物に注がれている。

氏政が答えに窮していると、風魔の棟梁は飯を片方の頬に目一杯詰め込んだまま、言葉を繋《つな》いだ。

「御主はいつも、儂が飯を食う間、こちらに疑うような眼差しをむけながら、ずっと思案しておる」

「い、いや……」

「大方、儂が本物かどうか。不死なのではないか。などと、くどくどと考えておるのであろう」

箸先を上座の氏政にむけて、小太郎が常人よりも深く裂けた口の端を歪《いびつ》なほどに吊り上げた。この男の笑い顔を見る度に、氏政は背筋に怖気《おぞけ》が走る。三十年近く側《そば》に置いておきながら、この癖だけはどうしても抜けなかった。

「どちらだと思う」

「は」

これほど上機嫌に小太郎が無駄話をするのを見るのははじめてだった。いつも飯を黙々と食い、仕事の話をしたら家人にすら悟られぬほど静かに消えてゆく。

「儂はじめて会《お》うた時の風魔小太郎であると思うか」

「わからぬ」

正直に答えた。その返答が不服だったのか、小太郎は鼻で笑ってふたたび箸を動かし始める。

「わからぬが……」

氏政は続ける。

「御主はたしかに風魔小太郎だ」

「わからぬくせに、どうしてそう言い切れる」

「その不遜な態度よ。父上の前でも御主は主を主と思わぬような不遜な態度で、そうして飯を食ろうておった」

「それで正真正銘、風魔小太郎である。と、御主は申すのだな」

箸が止まり、酷薄な小太郎の目が氏政を捉えた。不敵に笑う風魔の棟梁の視線に臆することなく、氏政は己が想いを口にする。

「これまで散々、いろいろな男どもを見て来た。北条家の棟梁である儂に媚びへつらう者ども。戦に敗れてもなお命乞いなどせず、儂の面前で平然と罵《のの》りの言葉を吐く者。笑いながら首を斬られた者。泣きながら死んだ者。うんざりするほど男どもの顔を見て来た」

本来、氏政は人と交わることを好まない。幼い頃は、それでも良かった。が、北条家の嫡男という生まれは如何《いかん》ともしがたい。当主になれば、毎日数え切れぬほどの者と顔を合わせることになる。

愚昧《ぐまい》だった……。

氏政は己でもそう思う。

幼い頃、父に呆れられたことがある。飯をともに食っていた時のことだ。飯に汁をかけて食うのが、氏政はいまでも好きだ。その時も、父の前で飯に汁をかけながら、食べていた。だが、食べている途中で、飯が乾いてきた。だから、汁を足した。

それだけのことだ。

二度目の汁を飯にかけた時に聞こえた、見守る家臣たちにもはっきり聞こえるほど大きな父のこれみよがしなため息を、氏政はいまでもはっきりと覚えている。

飯にかける汁の目算すら立たぬ者に、家の切り盛りなどできる訳がない……。と、いうことらしい。父は汁を二度かけた氏政の行いと、北条家の当主として政を取り仕切る手腕とを同列に考えたのだ。

言いがかりも甚だしい。

はなから父は氏政のことが気に食わなかったのだ。北条家の棟梁として、受け継いだ領地を関東全域に達しようかというところまで広げた武勇の士である父にとって、人と交わることを拒み、体を動かすことが不得手な氏政が嫡男であることが悔しくてならなかったのだ。だから、飯に二度汁をかけたなどという些末《さまつ》なことをあげつらって、北条家の当主にふさわしくないなどと騒いだのだ。

結果、父はみずからが死ぬまで、北条家の政を手放さなかった。家督はとっくに明け渡していたくせに、政だけは病で死の床に臥《ふ》せるまで、決して氏政に任せはしなかった。

己は当主にふさわしくない……。

いつ父に捨てられるか、気が気でなかった。父が死に、名実ともに北条家の当主になったその日まで、氏政の心が休まることは一日としてなかった。

だから、人の顔色だけは執拗にうかがう癖が付いた。目の前の相手が、どういう心持ちであるか。顔色に出ぬ心に秘めた想いでさえ、瞳に宿るかすかな揺らぎから察することができるようになった。

顔を見れば、なにを考え、なにを欲するか、見当がつく。

いま目の前で豪快に飯を食っている男は、たしかに風魔小太郎である。どれだけ不条理であろうとも、三十年前に顔を合わせた小太郎と、いまの小太郎の顔貌《がんぼう》は、寸分違《たが》わず同じものだと断言できる。

「御主のその顔は、昔となにも変わらぬ。其方は風魔小太郎じゃ」

「言い切るではないか」

「そう信じなければ、二人きりで飯を食わせはせぬわ」

「生意気な奴よ」

「主従をわきまえぬ御主に言われとうはないわ」

奇妙な関係であると、氏政も実感している。小太郎との間柄は、単純に主従と割り切れるものではなかった。父や先代の頃より仕えているとすれば、北条家の祖伊勢宗瑞《いせそうずい》の子で、北条家の長老として去年まで存命で九十七で死んだ幻庵《げんあん》などよりも長命である。

いわば小太郎は北条家の最長老ともいえる男だ。北条の闇を牛耳《ぎゅうじ》ってきた風魔の棟梁なのである。

氏政など、小太郎から見れば、まだまだ尻の青い若造なのかもしれない。どれだけ氏政が主然と構えたところで、小太郎の底知れぬ余裕には敵わぬ。冷淡に上座を見据える瞳の奥にくぐもる闇が、こちらの葛藤のすべてを見透かしているようで、どうしても他の家臣に対するように強くは出られない。

「小太郎よ」

「なんじゃ」

鰯《いわし》の酢漬けを口に入れ、飯をほおばりながら小太郎が答える。

長年思っていた疑問を、小太郎が上機嫌に語っているこの際とばかりに、氏政は口にした。

「何故、御主は飯を所望するのじゃ。知行でもなく、銭でもなく、女でもない。何故、飯なのじゃ。飯など、銭があれば腹いっぱい食えるだろうに」

「わかっておらぬのぉ」

青く光る鰯を箸でつかんだまま、それを氏政のほうへとむけながら、小太郎が無邪気に笑う。北条家自慢の武人たちでも、小太郎ほどの体軀を有した者はいない。七尺にならんとする小太郎は壁である。それだけの見事な体軀である。座っているだけで、上座の氏政に伝わってくる圧は生半なものではない。

そんな男が、氏政に会いに来ると決まって飯を食うのだ。しかも餓鬼《がき》のごとくに、山盛りの飯を無心で半刻ちかくもただひたすらに食う。

昔から不思議でしかたがなかった。

「御主はなんもわかっておらぬわ」

人より裂けた唇を弓形に歪めて、小太郎が愉悦《ゆえつ》の笑みを浮かべる。

「飯という物は立場によって違う物よ。食いたいと思うても、手に入らねばどうしようもない。銭があろうとも、飯屋に並ぶ物はたかが知れておる。御主のような生まれた時から領国より様々な食い物が集められてきて、疑うこともなく毎日美味《うま》い物を食うてきた者にはわからぬだろうがな」

美味い物……。

氏政にはいまいち得心がいかない。

飯などという物は腹を満たせればそれで良いではないか。汁をかけた飯で十分だ。魚や青物も、あるに越したことはないが、無ければ無いでどうということもない。それよりも、なんやかやと色んな物が皿にいくつも並べられ、これがなんだ、これはこれこれこういう魚の焼き物だなどと、くどくど説明されるような大仰な食事が、氏政には面倒でならない。

美味い。

思えば五十三年間、心の底からそう思ったことなど、一度もなかった。

「得心が行かぬというような顔をしておるな」

こちらの心を見透かしたように小太郎が笑う。

「美味い物しか食うておらぬ贅沢者にはわからぬ感慨であろう……。ま、そのようなことを言うておられるのも、あと数ヵ月といったところであろうな」

「どういう意味じゃ」

「負けるぞ。この戦」

家臣はいない。

もしも余人に聞かれていれば、氏政は小太郎を斬らねばならなかった。戦の最中に、先代当主である氏政に、家臣が敗けるなどと断言して、それを黙認することなど以《もっ》ての外《ほか》である。

しかし、ここは氏政と小太郎だけの場だ。この程度の無礼など、無礼とも思わない。

だが。

腸《はらわた》は煮えくり返っている。

「じきに家康がこちらになびく。奥州からも伊達が後詰の兵とともに……」

「目を覚ませ」

小太郎の箸はいつの間にか止まっていた。

「伊達は来ぬ。いや、浪速の猿に頭を下げるために奥州を出るという噂もある。それに、家康は動かぬぞ。その証拠に、奴の忍が城の裡でなにやら企んでおる」

「伊賀衆か……」

いやらしく歪んだ唇を尖った舌先でぺろりと舐《な》め、小太郎がうなずいた。

「この前、本丸大手門で捕えて殺した忍……。あれは十中八九、伊賀の忍。家康のところの服部半蔵。奴のところの忍だ」

「殺したのか」

何故、捕らえて口を割らせなかったのか。

「喋《しゃべ》らせようとしたんだがな、隙を見て舌を噛み切りやがった」

敵に捕らえられるくらいならば死を選ぶ。闇に生きる忍の覚悟を、氏政も知らぬわけではない。が、武士、とりわけ名家の嫡男として生まれた氏政には、みずから命を絶つような窮地に立たされたことが無い。

たとえ城が落とされても、果たして己は潔く腹を斬れるか……。

自信はなかった。

「い、伊賀者であっても、徳川殿の飼い犬であるとは限らぬではないか」

伊賀の忍は銭さえ払えば、どの大名家の仕事でも受けるという。今日の味方が明日の敵などということも珍しくはないらしい。山深い伊賀の地には、多くの忍が存在し、複数の集団が並立しているという。家康が飼っている服部半蔵は、伊賀の忍でありながら数代前に侍として徳川に仕え、その後に伊賀者を召し抱えた家康により徳川の忍の棟梁という立場を任されたのだという。

「手下の一人が、遠江に行った時に、そいつの顔を見たと言っていた」

遠江は家康の支配地である。そこにいたというならば、たしかに徳川の飼い犬であろう。

「氏直に会いに来たというのか」

「警護の兵に扮《ふん》して、本丸に忍び込もうとしておったからな。氏直殿に会いに来たと考えるのが妥当であろう。が、もしかしたら……」

「なんじゃ、勿体ぶらずに話せ」

すでに小太郎の箸は完全に止まっている。

「火を点《つ》けに参ったのかも知れん」

「火だと……」

「あぁ」

箸を朱塗りの膳に置き、白濁した酒を満たした大振りの盃を手に取り、一気に腹の底へと流し込み、小太郎は息を吐いて、目を見開いた。

「本丸から火が出た混乱に乗じ、城を落とそうと企んだか。それとも城を囲んでおる十万の兵が一気に攻め寄せる手筈であったか……」

「力攻めをするつもりであったというのか」

「わからん」

小太郎は動じずに首を左右に振った。

「とにかく、伊賀者が大手門より本丸に入ろうとした。伊賀者だけではない。いま、この城の中は敵の忍どもで溢《あふ》れかえっておるぞ」

「そんなことを言いに来る暇があるなら、一人でも多くひっ捕らえて、どこの手の者か吐かせるのじゃ」

「どこの手の者かなど知ることはない。一匹のこらず殺すのみよ。それよりも聞いておきたいことがある」

長い腕で膳を横に払い、小太郎が片膝立ちになった。そのまますするすると畳を滑《すべ》り、氏政の面前まで近づいて来る。下座に控えていても巨大な壁に思えた小太郎の巨体が目の前まで迫り、氏政は息苦しさを覚え、心の裡にわずかに残る獣の性《さが》が眼前の猛獣に恐れをなして、腰から上を大きく仰《の》け反《ぞ》らせた。氏政が仰け反った分だけ、小太郎が顔を迫《せ》り出す。顎を突き出し、みずからの飼い主を挑発するように、小太郎が囁《ささや》く。

「御主は浪速の猿に頭を垂れるつもりはないのか」

「よもや……。御主、すでに猿から餌《えさ》を貰《もろ》うて……」

「見縊《みくび》るな」

小太郎の黄色く濁った眼が、怒りに揺らぐ。

「儂は御主の覚悟を問うておる。どのようなことがあろうと、御主は猿にひれ伏す気はないのだな」

「見縊るな」

小太郎の言葉をそっくりそのまま返してやる。獣じみた風魔の棟梁の顔を真っ直ぐに見据え、氏政は北条家の棟梁の矜持を奮い立たせ、仰け反った体をじりじりと前に押す。その動きに相対するように、小太郎がゆっくりと顔を退けてゆく。

「儂は北条四代当主、北条氏政ぞ。家督を息子に譲ったとはいえ、北条の実権を譲ったつもりはない」

父と一緒だ。

父は死ぬまで、氏政に北条家の実権を譲らなかった。氏政もまた、目の黒いうちは氏直の好き勝手にやらせるつもりはない。

「氏直がなにを考えておろうと知ったことではない。たとえ、愚息が伊賀者と密かに会い、徳川と密談を交わしておろうとも、北条家はなにも変わらぬ。北条の大権は儂にある。儂は絶対に猿ごときに頭は垂れぬ。あのような成り上がり者に膝を屈することはないわ」

「武士らしい顔になったではないか」

小太郎が紫の己が唇を紅に光る舌で優しく撫《な》でた。

「御主と見合っておって、はじめて怖いと思うたわ。いまの御主ならば、儂を斬ることもできよう」

「世迷言《よまいごと》を申すな」

己が小太郎に敵う訳がないことを、氏政はわかっている。

「命を捨てれば、後は武技の優劣などなんの意味もない。この間合いじゃ」

優しくささやく小太郎の右手が、氏政の胸をとんと小突く。

「手を伸ばせば届く。刃を持っておれば、御主にでも儂は殺せる。まぁ、その時は儂も御主の胸を突いておるがな。故に、命を捨てればと申したのだ」

覚悟……。

猿が二十万の兵を用意し関東に下ろうとしていると聞いた時から、迎え撃つ覚悟はできていた。十万の兵に囲まれ、諸城のことごとくを落とされてしまい、野戦を望むことすらできぬ状況に追いやられた今でも、あの時の覚悟は微塵も揺らいでいない。

「小太郎、御主は儂が敗れると申したな」

「あぁ」

「このまま黙って敗れるつもりはない」

「どうするつもりだ」

「頼みがある」

氏政は己が笑っていることに、気付いてはいなかった。

六

箱根早雲寺《はこねそううんじ》は、昼も夜もなく活況を呈していた。

夜通し焚《た》かれる薪《たきぎ》の火が境内《けいだい》を燦々《さんさん》と照らし、その明かりのなかで男と女が酒に酔い、踊り狂っている。相手を見つけた者は、そこここにある闇のなかに消えてゆき、事が終わるとまた火に誘われるようにして這い出してくる。そうして、夜ごと享楽の宴が催されている。

坊主たちは災いを恐れるように、ひとところに固まり、息を潜めて皆が去る日を心待ちにしていた。それがいつになるのかは、宴の中央に鎮座する男どもの主にもわからなかった。

「つまらんのぉ……」

本堂に胡坐をかき、脇息に思い切り体を預けながら、豊臣秀吉は悪しざまに吐き捨てた。

二ヵ月あまりもの長い間、こうして夜通し男どもと馬鹿騒ぎをしている。

寝たい時に寝て、起きたい時に起きるから、連日の宴であろうと、疲れなどいっこうに感じはしない。政は京、大坂に残してきた者たちに任せているから、秀吉がこの地でやることなど無いに等しい。それでも毎日訪れる客や、伺いを求める家臣たちとの面談に時を割かれはするのだが、それもよほどの火急の要件でなければ、秀吉の都合に相手が合わせるから、面倒だとは思わない。

ただただ……。

退屈なのだ。

こうして連日宴を催しているのも、なかば義務のようなものだった。総大将である秀吉自身が、こうして毎夜毎晩歌い騒ぐことで、在陣している諸将への規範となっているのだ。

遊ぶのだ。

心の底から。

この戦はそういう戦なのである。

日ノ本一の堅城といえば、どの城か。そう問われたら、多くの者が小田原だと答えるだろう。小田原城は天下の堅城なのである。

だからこそ、遊び騒ぐのだ。

どれだけ門を堅く閉ざし、強固に敵を阻もうとしても無駄だ。そういう戦を秀吉は求めていない。力押しなどはなから考えていなかった。

何ヵ月でも何年でもこのまま歌い騒ぐつもりである。

もはや武勇が物を言う時代ではないことを、この戦で天下に知らしめるのだ。どれだけ北条がねばろうとも、城に籠る者の兵糧《ひょうろう》はいずれ尽きる。その日まで秀吉は騒ぐ。遊ぶ。十万の兵で城を囲んだまま。

敵が餓《う》え、馬を食い、壁土を食い、死人を食いながら一人一人と死んでゆくなか、塀一枚隔てた味方の陣所ではたらふく食らい、飲み騒いでいる。地獄と極楽がひとところに顕現《けんげん》し、天下は秀吉の絶大なる力を知ることになるだろう。

戦とはそういうものなのだ。

いかに己を示すか。

秀吉はこれまで幾度となく、己を天下に示すために戦ってきた。

墨俣に一夜で城を築き、鳥取で敵を飢《かつ》え殺しにし、備中高松城を水浸しにし、主が死ねば皆が驚く速さで中国から取って返した。そうして天下の度肝を抜くことで、秀吉は己が力を誇示してきたのだ。

領国を増やすため。互いの境を定めるため。そんな百姓となんら変わらぬような些末な戦など、秀吉にはなんの意味もない。

これは天下統一のための最後の戦なのだ。

現に、奥州の伊達、出羽《でわ》の最上《もがみ》や小高《おだか》の相馬《そうま》など、陸奥《むつ》の名だたる大名たちが、秀吉の小田原での所業を聞き、恐れをなして恭順の意を示す書状を送ってきている。数日のうちに、彼等は小田原へと馳せ参じる手筈《てはず》となっている。

陸奥の大名たちは、すでに秀吉の軍門にくだっているのだ。

天下で唯一北条だけが、秀吉に逆らっている。

だからこそ。

戦わぬ。

遊んで騒いで笑って食って呑む。

楽しんで勝つのだ。

難攻不落の小田原城に。

こんな戦を、いったい誰が行い得ただろうか。これだけの物量を一ヵ所に注ぎ込み、圧倒的な力の差を見せつけて勝つ。戦国乱世には考えられなかった戦を、秀吉は行っている。

それが……。

「つまらぬ」

ついつい声が口からこぼれだす。秀吉を囲んで必死に心を掻き立てようとする遊女たちの顔が、悪態を耳にするたびに堅く引き攣《つ》る。気にするなと言うのも野暮だし、これみよがしに呑んで笑い騒ぐのも白々しいから、余計に仏頂面《ぶっちょうづら》になってゆく。せっかく箱根まで呼び寄せた愛妾《あいしょう》は、連日の宴に飽いて、湯を求め歩いて本陣に近寄ろうともしない。本当なら秀吉も愛妾について湯屋を巡る旅に出たかったのだが、大将であるからそれもままならない。

酒に溺《おぼ》れるのも飽きた。

結局……。

男どもが呑み騒ぐのを眺めながら、欠伸《あくび》を押し殺しているしかなかった。

「ん」

欠伸を堪《こら》え、涙が滲んだ目が、境内のなかの一点に止まった。その刹那《せつな》、緩んだ口から声が漏れたことに、秀吉は気付いていない。

腰が。

浮く。

脇息《きょうそく》についた肘《ひじ》に力を込めて、身を乗り出す。その間も、視線は一点に注がれたまま微動だにしない。

「あれは……」

忘我の裡に問う。すると、周囲の女たちを掻き分けるようにして現れた若き近習《きんじゅ》が、主の視線を追うようにして境内を見て、眉根に皺を刻んだ。

「見かけぬ顔にござりまするな」

秀吉が見つめる女に目をむけながら、近習が小首をかしげる。そして、境内から目を逸《そ》らして、周囲の女たちに問う。

「あの者は近在の女か」

「見ない顔です。あんたのところには」

「うちにもいない。どこかから噂を聞きつけて来たのかも」

「挨拶は」

「さぁねぇ」

方々から女たちの声が上がる。秀吉はそれらを耳にしながらも、境内で男たちに囲まれさわやかに笑う女を見たまま堅くなっていた。

「呼べ」

「はは」

いつものことだとばかりに、近習が短い返事とともに女たちの輪のむこうへと消えた。その間も女たちは、境内の遊び女のことを騒ぎ立てている。

煩《わずら》わしくて仕方がない。

「お前《み》やあたちはさっさと去《い》ね、去んでしまえっ」

悪しざまに言われた女たちは、一瞬眉間に怒りを滲ませたが、これまでの遊び女人生のなかで一番の大口の客の機嫌を損ねてはならぬとばかりに、すぐに口元をほころばせ、一礼とともに静々と階《きざはし》を降りてゆく。そんな女たちの背中など、秀吉の視界はまったく捉えていなかった。

先刻の近習が男たちの輪を掻き分けて女に声をかける。

女が。

本堂の方を見た。

目が合う。

「ほぉ……」

臍の下から湧き立つ欲望が、胸の鼓動に合わせてせり上がってきて、口から呆けた声となって溢れ出た。

近習がひと言ふた言なにかを言うと、女はちいさくうなずいた後、周囲の男たちににこやかに挨拶をして輪から抜けた。近習に誘われるようにして、彼の半歩後ろを付いてくる女の伏し目がちな小さな顔を見つめたまま、秀吉は腰を浮かせて喉を鳴らす。

ここまで情欲が昂《たかぶ》るのはいつ以来だろうか……。

あの愛妾が女となって目の前に現れた時のことを思いだす。

主の姪だった。

主の妹の娘だった。

秀吉は。

主の妹を密かに慕っていた。主の妹を殺したのは秀吉だ。

戦で義父と母を失った彼女を、秀吉はみずからの城に引き取った。まだ娘であった彼女は、旧主の妹に瓜二つであった。

いつか……。

己の物にする。

その時誓った。

あの時以来だ。これほど、己が物にしたいと思った女は。

階をゆっくりと昇って来る。

秀吉は立ち上がって階へと降り、近習を押し退けるようにして女の手を取った。冷たく柔らかい指を握りしめ、見上げる女のうっすらと濡れた瞳を見つめる。

「大丈夫か」

「このくらい、一人で昇れますよ。でも、ありがとうございます」

そう言って女は笑った。柔らかい心地の良い声が、誰よりもふくよかな秀吉の耳朶《じだ》を震わせる。

「良い良い。ゆっくりな」

口元がだらしなく緩んでいることなど承知の上である。なんなら涎《よだれ》が垂れていないかと心配になるくらいだ。

女にはだらしない。

その自覚はある。

いや……。

そもそも秀吉はこの世のことごとくの欲にだらしない。だから特筆して女にだらしないという訳ではないのだ。ただ、世の男どもよりは女を褥《しとね》に誘うだけの力があるから、色欲が悪目立ちするのである。本来は食うことも、着飾ることも、なんなら寝ることだって誰よりも欲深い。現に、弟の小一郎《こいちろう》などは、寝入っている兄を起こしに来て、幾度も強烈な足蹴を食らっている。鼻血や青痣《あおあざ》は珍しくない。

人としてこの世に生を受けたことがすでに奇跡なのだ。その奇跡を存分に堪能しなければ人として生まれた甲斐がないではないか。

秀吉は存分に楽しむ。

死が訪れるその時まで。

「さぁ、ここに座ってくれ」

己が席の隣に置かれた座布団を掌で指し示す。

「こんな物に腰を下ろすなんて……。勿体無《もったいの》うございます」

「先ほどまでここにおった女どもは、そのような殊勝なことは言いもせず、厚かましゅう座っておったわ。ささ、儂が許す故、座ってくれ。の、の」

「それでは……」

「うむうむ」

女の腰に手を添えながらゆっくりと座らせる。

背後に控えた近習を横目で見た。

「酒じゃ。新しい酒を持ってこい。あぁ、盃も取り替えろ。えぇい、ここにある物全部持って行って、新しい物を持ってこい」

「ふふふ」

焦《あせ》る秀吉を見て女が口に手を当て静かに笑った。それがなんとも心地良い。無礼だとも、嫌だとも思わない。むしろ、己の言葉で笑ってくれたことに、喜びすら感じていた。

近習が人を呼んで散らかった膳を片付けてゆく。その間も秀吉は、階でつかんだ女の手を離さない。女は目を伏せて、秀吉と視線を合わせようとしなかった。照れているのか、それともそれが女の手練手管なのか。

いずれでも良い。

どうせ、最後に行きつくところはおなじなのだ。

「名はなんと申す」

なににつけても、まずはこれを聞かねば始まらない。

「愁《しゅう》と申します」

「しゅう……。どのような字だ」

秀吉は漢字をさほど多くは知らない。生まれが貧しく、師を付けてもらうことはおろか、親に教えられることもなかった。だから、関白となったいまも、みずからの手で書状を認《したた》めることが好きではない。祐筆が認めた物を見ながら書くことはできるのだが、どれだけ書いてみても、いっこうに字が上手くならないのだ。だから、字はあまり好きではなかった。

「悲しみや愁《うれ》いという意の字にございます」

「どのように書く」

「秋の下に心と……」

そう言って愁と名乗った女は、秀吉につかまれていない方の人差し指で、虚空に〝愁〟の字を書いた。

「良き名だ」

秀吉は笑う。

幾度となく繰り返したやり取りであるが、それでもやはり名を聞くこのひと時が、一番激しく心が滾《たぎ》る。これから深く知ることになる女の一番上にある薄衣を剥がしたような心地がして、秀吉は惹かれた女の名を知るこのひと時に無類の昂りを覚えるのだった。

早う褥に……。

言いたい気持ちをぐっと堪《こら》えて、女の手を握ったまま新たに設《しつら》えられた膳へと目を移す。

「さあ、酒でも……」

「関白殿下」

秀吉の言葉をさえぎって、愁と名乗った女が言った。たがいに息が触れあうほどの距離で見つめ合う。薄く開かれた薄桃色の唇から漏れる息が、かすかに甘い。

「如何《いかが》した」

問いながら盃を取った秀吉の掌に、愁が己の手を重ねた。

酒はいらない……。

肩に顔を寄せながら秀吉を見上げる愁の小さな頭が、ゆるりゆるりと左右に振れる。

「早う……」

濡れた唇が妖しく蠢《うごめ》く。吸い込まれそうになるのを必死にこらえながら、秀吉は愁の言葉の続きを待つ。

「二人になりとうございます」

「う、うむ……。そうか」

ごくり。

喉が鳴った。

聞かれていないわけはない。が、もはや隠すこともない。

惹《ひ》かれているのだ。

愁もまた、秀吉と閨《ねや》を共にすることを望んでいる。

これだから……。

天下人は辞められない。

もしも、秀吉がそこいらの足軽風情《ふぜい》であったならば、こんな若い娘が振り向いてくれるはずもない。常人よりも背が低く、顔は猿のように醜い。そのうえ銭も無く、誇れるような立場にもなかったら、女に相手になどされるわけがない。

銭でも良い。位でも良い。たとえ女が己の容姿を見ていなくとも良いのだ。関白である。天下人である。銭もうなるほど持っている。それもまた、秀吉という男の力なのだ。その力に女たちは惹かれるのである。

必死に泥水のなかを這いずりまわった甲斐があった。

主の理不尽な要求に応えてきた甲斐があった。

愚か者どもを騙し、殺し、這い上がった甲斐があった。

潤《うる》んだ瞳で己を見上げる愁の麗しい顔を見つめながら、秀吉は恵まれ過ぎた己の境遇を心底から味わう。

「わざわざ小田原まで来た甲斐があったわ」

「え」

「御主に会えた」

「嬉しゅうございます」

ささやいた愁の、秀吉の手を握る指に力がこもる。

「ささ、それでは行こうかの」

背後の近習に目配せする。若者も心得たもので、秀吉にだけわかる程度に顎を上下させ、本堂の奥へと下がった。秀吉の寝所として使用している、宿所で一番広い部屋へと急ぎ、褥の支度を整えるのだ。秀吉が愁をいざなって寝所に入った時には、体が埋まるほどの褥が設えられていることだろう。

人気のない廊下を二人で歩む。ところどころに行燈《あんどん》が設えられていて、足元は明るい。いたるところに秀吉を守るための侍たちが配されているのだろうが、二人からは気配すら感じられない。

逸《はや》る気持ちを抑えるように、愁の手を引きながら歩む。坊主たちが毎朝丁寧に磨いている廊下を、足袋《たび》を滑らせるようにして進んでゆく。

あの角を曲がれば目的の部屋だ。

待ち遠しい。

焦る。

角を曲がり足早に進み、柄ひとつ入っていない質素な唐紙《からかみ》を己が手で開く。そして、握った手を引き、愁を室内へと導いた。

腰に両手を回し、体の重さをかけて押し倒す……。

はずだった。

倒れない。

愁は秀吉を両腕で抱いたまま、肩に顔を載せている。愁のほうが背が高い。二人が向かい合って立つと、秀吉の頭の天辺《てっぺん》に愁の顎が付く。わずかに腰を引いた愁が、肩の上に顔を載せ、耳元に口を寄せた。

「このままお聞きください」

秀吉はなんとか押し倒そうと、足腰に力を入れて女の腰を折ろうとするが、体の中心に一本、太い鉄の棒が通っているのかと思うほど、愁はびくともしなかった。秀吉の体の重さを全身で受け止めたまま、うろたえる素振りもない。

「私は対馬守様より遣わされた忍にございます」

「なんだと！」

「御静かに」

愁の囁きが、秀吉の苛立ちをわずかになだめる。が、たばかられたという怒りは、それまでの昂りの分、激しく燃え上がっている。

「対馬守には、久太郎とともに事に当たれと申したはずじゃ」

二度と会わぬと言うた。

対馬守の仕事は、あくまで堀久太郎によるものなのだ。

「直接、関白殿下の御耳に入れたきことがありました故、私が遣わされました」

怒りの炎が燃え盛る。

「女好きと見越して御主を遣わしたということか対馬守は」

舐めるな……。と言いたかったが、実際に寝所まで誘ってしまっている。

「厳重な警護を潜り抜けるには、私めが一番良いとの御判断にございます」

抱き合ったまま、忍と囁き合っている。なんとも不可思議な情景であったが、秀吉はすこしずつ、この状況に慣れてきていた。対馬守の意図を飲み込むと、徐々に怒りが収まってゆく。

「なにがあった」

「徳川殿の忍が城内で動いておりまする」

「なんじゃと」

家康の飼い犬は伊賀者であるという。服部何某という棟梁は、神出鬼没な男だという噂は秀吉も耳にしている。

「徳川殿は北条家とは縁続き」

「そのようなこと、御主に言われずともわかっておる」

あの男には、北条を潰した後の関東をくれてやるという約束をしている。家康もそれを承服した。

北条は潰す。

そう言った時、家康は眉ひとつ動かさなかった。

「娘を密かに救おうとしておるのではないか」

それならば、諫《いさ》めることはない。娘を生かして城から出したいという親心は、子のいない秀吉にもわかる。

「城の中には風魔が跋扈《ばっこ》しておりまする。密かに姫を城から逃がそうとして、風魔に見つかれば、どのような目に遭うか。力攻めで落とさぬことを徳川殿は御存知のはず、敵が屈した後に、交渉にて姫を救えば良いのでは」

たしかにこの女忍の言う通りである。別に密かに手を回さずとも、じきに姫は家康の元へと帰るだろう。氏直が逆上して、殺しでもしない限り。

「では家康は忍を使うて、城の中でなにをしておるのだ」

「わかりませぬ。が、関白殿下に知られぬよう、北条と繋ぎを取っているのは明らかにござります」

「調べろ」

愁の腰に回した手に力を込める。

「儂が命じた元の命を遂行するのは当たり前だ。それとは別に、徳川の伊賀者が城内でなにを企んでおるのかも、調べよと対馬守に伝えよ」

「わかりました」

秀吉の手を愁が剝がそうとする。

「待て」

逃さない。

愁が手を止めた。

「朝になってからでも良い」

秀吉は力ずくで押し倒す。

今度は愁も逆らわなかった。

七

「鉢形《はちがた》城も落ち申した……。これで、主だった諸城で、いまも抵抗を続けておるのは八王子《はちおうじ》、韮山《にらやま》、忍《おし》の三城になり申した」

声を震わせながら語った家臣の青ざめた顔を見つめ、北条家五代当主、北条氏直はしずかにうなずいた。

「だからなんじゃやっ！」

板張りの広間より一段高くなった上座の畳を拳《こぶし》で叩きながら、氏直の隣で父が吠えた。血走った目で広間に居並ぶ家臣たちをにらみつけ、父は唾《つば》を飛ばしながら言葉を続けた。

「この城が落ちねば北条は敗けぬっ！　敵はこの城の堅さに恐れを成し、いっこうに攻めかかってこぬではないかっ！　小田原は難攻不落っ！　甲斐の虎も越後の龍も落とせなんだ城じゃ。浪速の猿ごときが落とせるわけがなかろうっ！」

畳に付けた拳を震わせ、父が怒鳴る。

だが……。

氏直は失笑を禁じ得ない。緩みそうになる口元を必死に引き絞りながら、瞼を閉じて、心を落ち着ける。

甲斐の虎、越後の龍、浪速の猿……。

なにを言うか。

みな人ではないか。

手はふたつ。足もふたつ。目もふたつなら耳もふたつ。口がひとつなら鼻もひとつ。氏直や父と変わらぬ人ではないか。

虎や龍などといって神か仏のごとくに奉ることも、猿といって蔑《さげす》むのも、等しく愚かしき行いであろう。

人である以上、優劣もまた等しく論じられなければならないと氏直は思う。虎や龍などというから大きく思える。猿などというから小さく見える。

なにもかも幻想ではないか。

「関白だなんだと言うても、所詮は卑しき生まれから身を立てた成り上がりではないか」

それのなにが悪いのか。

父や氏直のように生まれた時から大国の長になる定めを持った者などよりも、父がいう卑しき生まれから、関白になりおおせることのほうが、よほど類稀《たぐいまれ》なことではないか。猿であろうとなんであろうと、優れている者は優れているのだ。

だから。

こうして今、父が猿と呼ぶ者の手によって北条家は未曾有《みぞう》の窮地に陥っているのではないか。

「見よ。敵の緩み切った様を。夜な夜な宴を開き、享楽にふけっておるではないか。あのような兵になにができる。冬になり、雪に覆われれば、身を凍らせ国に帰ることを望むはず。我等は逃げる敵の尻を散々に追えば良いのだ」

それまで北条が保てばだが……。

「その通りにござりますっ！」

家臣の列から声が上がる。最前列でひときわ大きな顔をした老武士が、皺くちゃの顔を真っ赤にしながら、身を乗り出して上座の父を見上げていた。

「そうであろう憲秀よっ！」

「はい、大殿っ！」

憲秀と呼ばれたのは、家老の松田憲秀である。秀吉との戦を望み、籠城を献策したのも、この憲秀であった。この八方塞がりの状況を作ったのは、父と憲秀であると氏直は密かに思っている。

二人は熱っぽい目で互いを見つめながら、いきり立っている。

「大殿の申される通り、冬まで待てば、敵は兵糧が尽きて領国へと戻って行きましょう。二十万もの大軍も、所詮は寄せ集めにござる。腹が空《す》けば、いかな関白の命であろうと小田原に留まってはおれますまい」

違う。

氏直は心のなかで松田に抗する。

これまで、甲斐の虎や越後の龍などを押し退けてきたのは、たしかに父や憲秀の語る戦い方であった。潤沢な兵糧を用意して攻め寄せて来た敵を、堅牢な城で立ち往生させ、兵糧が尽きるとともに退却させる。兵を退いたのは相手の方だから、北条は戦わずして勝ちを得たという形になる。

だが、今回の敵は虎や龍とは違うのだ。

猿なのである。

虎や龍などよりも何倍も賢《さか》しい猿が相手なのだ。

猿は虎や龍などのような一国の主ではない。

天下だ。

猿はいまや、北条が治める関東以外の日ノ本全土を治めているのだ。

兵糧は日ノ本全土より送られてくる。尽きることはない。

だからこそ、城の外の兵たちは連日にわたって、騒ぎ立てているのである。兵糧の心配がないから、どれだけ食っても呑んでも良いのだ。それを大名たちが許していることに、なぜ父や憲秀は気が付かないのか。

少し城の中を巡ればわかるのだ。

氏直は父たちに知られぬよう、密かに主郭を出て城内を見て回っている。

南に行き、大海を埋め尽くす敵の軍船に目をやってみれば良い。こちらの目など気にもせず、矢玉が届かぬぎりぎりのところで、海から荷揚げをし、諸国から届く物資を陸上の諸大名に届けている。おそらく海路だけではないだろう。陸路からもどんどん物資が流れ込んでくる。

何年でも猿は待つつもりなのだ。

こちらが崩壊するのを。

「大殿……」

家臣のなかから声が上がる。熱を帯びる父と憲秀に割って入る声は、あまりにも冷たかった。

「このまま戦を続けておっても埒《らち》が明きませぬ……。ここはやはり、早々に敵と和ぼ……」

「黙れ」

怨嗟《えんさ》みなぎる眼差しで、声を上げた家臣を見据えると、父はそれ以上の発言を拒むようにみずからの言葉を勢いに任せて吐く。

「あの猿が和睦など許すはずがなかろう。戦わねば、我等は潰されるのじゃ」

そこまでわかっていながら……。

なぜこれ以上、戦うのか。

氏直は父の考えがわからない。

「大殿の申される通りにございます。たとえ一兵となったとて、小田原は決して豊臣には屈しませぬ」

「良う申した」

籠城を決める際、城に籠ることを強硬に主張した憲秀に対抗し、打って出て戦うべしと説いた叔父の氏邦《うじくに》は小田原にはいない。憲秀の策に乗り気であった父の顔色をうかがう重臣たちからもそっぽを向かれた叔父は、戦が始まる前に、居城である鉢形城へと戻った。しかし、その鉢形城もすでに敵の手に落ちたという。

戦が始まる前、上洛を迫られた父の名代となって秀吉に拝謁《はいえつ》したもう一人の叔父、氏規《うじのり》もすでに小田原にはいない。東海道を下ってくる豊臣勢を迎え撃つべく、父によって韮山城に派遣された。寡兵にてよく城を守ってくれている。

二人の叔父がいてくれたらと心の底から思う。

どれほど憲秀が声を張り上げて焚きつけようと、二人の叔父がきっと父の高揚を冷ましてくれたことだろう。弟の言葉だけは、父には不思議と届いていた。子である己の声は届かないというのに……。

「氏直」

不意に己が名が聞こえ、氏直は忘我の思惟から覚め、ちいさく肩を震わせた。気付けば広間に集う家臣たちの視線がいつの間にか己に集中していた。

「御主はどう思う」

上座から声が聞こえ、氏直は隣を見る。赤ら顔の父が、なにが不服なのかわからぬのだが、いかにも不機嫌そうな顔付きで息子を睨んでいた。

「は」

評定の内容を全く聞いていなかった。氏直は正直に小首を傾け父に問う。

これみよがしのため息を吐き、家臣たちに息子の無能ぶりを示しておいてから、父はあらためて氏直にむけて言葉を吐く。

「当主は御主なのだ。最後の決断は御主がするのじゃ」

なにを言う……。

気を引き締めてないと口元が緩みそうになる。一刻あまりも続いた定例の評定でここまで当主をないがしろにしておきながら、最後の決断は当主がしろとは片腹痛い。

父上が決めればよろしいでしょう……。

喉の奥まで出かかった言葉を飲む。いまさら皮肉を口にしても、無能な当主が不貞腐《ふてくさ》れたという程度にしか家臣たちには捉えられない。いくら氏直がこの場で秀吉との和睦を説いたとしても、父の怒りに満ちた罵詈雑言《ばりぞうごん》によって一蹴されて終わりである。

「籠城か和睦か御主が決めよ」

和睦……。

言って、どうなる。

強情を張ってどうなる。

瞑目《めいもく》し、しずかに顔を伏せた。鼻から静かに息を吸い、心を落ち着ける。

「どうした」

父に急かされ、目を開き、家臣たちを見る。

「北条は誰にも膝を屈しぬ。籠城あるのみ」

「うむ」

納得したような父の声が耳から忍び込んで来て、氏直は底知れぬ吐き気を覚えた。


誰も氏直を呼び止めはしない。

評定が終われば、用済みとばかりに家臣どもは当主の周囲から去り、氏直は近習に前後を守られるようにして、本丸屋敷の私室へと戻る。

ただただ疲れた。

いったいいつまで、このような馬鹿げた戦が続くのか。考えるだけで、頭の芯が鉄のように重くなって眩暈《めまい》を覚える。

早く私室に戻って一人きりになりたかった。この城には、己の味方など一人もいない。みんな、父の家臣なのだ。誰も氏直のことを当主だなどと思っていない。

御飾りなのだ。

神輿《みこし》にもなれない。

家臣が担いでいるのは父で、氏直は男たちが力任せに担ぐその神輿を遠くから眺めているだけだ。声を発しても男たちには届かない。ましてや、神輿の上で上機嫌に行く道を定めている父になど、届くわけもない。

目の前で唐紙が開く。

見慣れた部屋が氏直をむかえる。

無駄な調度など一切ない。埃《ほこり》がうっすらと張った床板の上には、書を読むための見台と、ちいさな文机《ふづくえ》。その他には床の間のある壁際に堆《うずたか》く積まれた書籍の山があるだけである。

己だけの部屋。

己だけの天地。

この部屋だけは、氏直以外の誰も寄せ付けない。だから、埃が部屋じゅうに漂っている。それでよいのだ。薄汚れていることこそが、この場に氏直以外の存在がいないという証《あかし》なのである。

必要な物があれば、部屋の外にいる近習たちに告げる。しかし若者たちは決して中へは入って来ない。支度ができたら唐紙のむこうから声をかける。すると氏直が部屋から出て、支度された物を受け取ってふたたび部屋に入るのだ。飯もここで食う。自分で部屋に持って行き、食い終わった膳も部屋の外へと出す。

そうして氏直は当主としての務めが無い時は、この部屋に籠って書物を紐解《ひもと》いて時を過ごすのだ。

妻はいる。

徳川家康の娘だ。

しかし、妻と夜を過ごすことも娶《めと》ってから数えるほどであった。

すでに養子がいる。

叔父である氏邦の子だ。十三になり、名も氏盛《うじもり》と改めている。ゆくゆくは北条家の嫡男として、氏直の跡を継ぐことになるだろう。

北条家が続いていればの話だが。

だから、いまさら妻との間になんとしても子をもうけなければならぬということもない。所詮は北条家と徳川家の縁を結ぶための縁談なのだ。執着など、氏直の心のどこを探しても見つからない。

そんなことよりも、この部屋で一人きり、思うままに過ごしている方が、気が楽なのだ。

北条家の当主……。

「糞食らえじゃ」

書物が置かれぬ見台の前に座りながら、氏直はただ一人つぶやく。

「なにが、でござりまするかな」

「っ！」

不意に聞こえた声に氏直は体を震わせた。

声のした方に目をむける。

天を仰ぐ形になっていた。

数枚の板で四角に区切られた天井に、空洞ができている。取り払われた天井板の隙間から闇が覗《のぞ》いていた。

その闇から……。

誰かが氏直を見ていた。

八

それは音もなく、氏直の静謐《せいひつ》な部屋へと忍び入った。

止めるような余裕はない。声を上げようという気にすら、氏直はならなかった。

あれはなんだ……。

天井から覗く目に射竦《いすく》められ、言葉を失っている間に、それは静かに闇から這い出してきて、するりと氏直の前に控えた。まるで、ずっと昔からそこにそうしていたと言わんばかりの恰好《かっこう》で、闇の化身は氏直と正対している。ぴんと背筋を伸ばし、片膝立ちになった体を黒い衣で包んだ闇の化身は、漆黒の頭巾の隙間から覗く目で氏直を見据えている。

「お、御主はいったい……」

「御声を」

氏直の言葉にかぶせるように囁いた闇の化身は、己の口元に人差し指を当てる。

「大きな声を出されまするると、外の者に聞かれまする」

その言葉が、男が氏直の近習に知られたらまずい立場にあることを物語っている。

当たり前だ。

北条家の者ならば、人目を忍んで天井から現れずとも、正々堂々と正面から訪《おとな》えば良いのだ。

うなずきで男に応えてから、氏直はあらためて声を潜め、問いを投げる。

「其方は何者ぞ」

外の者に聞かれぬよう、声を抑えているのだが、頭巾《ずきん》で耳を覆っていながらも、男はしっかりと氏直の発した言葉を聞き分けたようだった。氏直が問うと、片膝立ちのまま深く頭を垂れた。

「突然の推参《すいさん》、失礼いたし申した。某《それがし》、徳川家康の臣、服部半蔵と申しまする」

「服部……」

名前ならば聞いたことがある。

「たしか其方は伊賀者では……」

「左様にござりまする」

頭を上げて、半蔵と名乗った男は一度ちいさくうなずいた。

「座ってくれ」

かしこまられたままでは、氏直の方が緊張してしまう。

相対しているのは、徳川の忍なのだ……。

下手なことをして斬られでもしたら。などという不穏な想いが頭を過《よぎ》ってしまう。

「とにかく座ってくれ」

引き攣《つ》った笑みを浮かべ、氏直は男をうながす。

「されば」

目を見張るほどの素早さで、半蔵が片膝立ちから胡坐へと変じた。その些細な動きですら、相手が生半な者ではないことがわかる。

軸がまったくぶれない。

天井から降りて来た時からずっと、半蔵の体の中心を通っている芯のようなものが、体を使ういっさいの動きにおいて、まったくぶれないのである。最小、最低の動きで、すべての動作が完了するのだ。

そして……。

その間、一度として氏直から視線を逸らさない。

ずっと。

視られている。

まるで蛇《へび》に睨まれた蛙のごとき心地であった。氏直が不穏な動きをすれば、半蔵はすぐに対処できるのであろう。見たところ、得物らしい物は身に付けていないように思えるのだが、どこに隠しているかわからない。いや、氏直のごとき青侍など、得物など使わずとも唐紙のむこうに座る近習たちに知れぬままに殺すことすら容易《たやす》いのかもしれない。

「儂は……」

半蔵と視線を交錯させたまま、氏直は想いを口に乗せる。

「忍の者と相対するのは初めてじゃ」

「なにを仰せになられまするか」

頭巾の下の半蔵の口元が、笑みの形に歪んだであろうことが、墨染の布に走る皺でわかった。

「北条には風魔がおりましょう。当主であられる氏直様が御存知ない訳がありませぬ」

「名は知っておる。が、奴等を飼うておるのは父よ。北条の実権は父にある。儂が風魔に命じることなどなにもない。故に、父も風魔を儂に会わせはせぬ」

それで良いと氏直は思っている。

忍のやる務めなど、所詮家臣たちに表立って命じることのできぬ後ろ暗いものばかりなのだ。

正道を行く。

それこそが当主の務めであると氏直は信じている。たとえ、実権は父の手にあろうとも、当主であるという矜持は、少なからず氏直にもあるのだ。その矜持の根源が、正道を歩むという想いなのだ。

大国の当主は、家臣たちに後ろ暗いことがあってはならぬと、氏直は信じている。皆に胸を張り、正々堂々、当主であると高らかに宣言できずして、なにが当主かと思う。

清濁《せいだく》併せ呑む……。

糞食らえだ。

濁った水を飲むのは家臣の務めではないか。当主は真っ直ぐ、堂々と光が照らす王道を歩むべきだ。

だから。

風魔など、氏直ははなから頼りにしていない。もし、父が死に、氏直が北条家の当主となり、その時まだ広大な領国が健在ならば、風魔はこれはと見込んだ重臣に託すつもりだ。後ろ暗い手を打たねばならなくなった時は、その重臣に相談すればよい。

風魔を使う判断もふくめ、その重臣にいっさいを任せるつもりだ。

「知らぬのだ本当に」

わずかの間、半蔵が黙したまま氏直を見つめていた。そして、さっきからの発言が本心からの言葉であることを見極めたのであろう。小さなため息を覆面越しに吐いてから、よどみない動きで、みずからの頭の後ろに両手を回した。それから間もなく、半蔵の顔を覆っていた闇が取り払われた。

閉め切られた障子越しに沁《し》み込んでくる光が、男の顔を照らす。

涼やかな目鼻立ちをした男だった。年の頃は五十そこそこといったところか。すでに老齢の域に達しているはずなのだが、目の奥に輝く強い光と、皺を刻みながらもなお張りを保った面の皮の所為で、そこまで老いた風情を感じさせない。

「これが忍の面にござりまする」

「はじめて見たわ」

「真《まこと》のようですな」

「はじめて会うた御主に嘘を申しても仕方無かろう」

不思議と気安い心地で、言葉を発することができる。

忍……。

言葉だけを聞けば、不吉な気配をはらんだ近寄り難い物のように思える。実際、今日この時まで氏直にとって忍とは、己とは無縁の邪《よこしま》な存在でしかなかった。その邪な存在であるはずの忍を目の前にして気安さを感じていることが、妙な心地である。

「舅殿の臣であると申したな」

「左様」

半蔵と名乗った忍は、にこやかにうなずく。

「そうだな……。表から堂々と使者を遣わすことすら憚《はばか》られるような間柄となったのだな舅《しゆうと》殿と儂は」

「御伝えしたきこと、御答えいただきたいことの内容如何でござりましょう。関白殿下の許しを受けた正式な内容であるならば、正々堂々正門から徳川家の使者と名乗り、御当主への面会を求めましょう」

「そのような内容ではない……。ということか」

氏直の問いに半蔵は口を真一文字に結んだまま、顎を上下させる。

うっすらと香の匂いがした……。

仏前に供えるような甘ったるい香りではない。木の香を思わせる、涼やかな匂いであった。

「己が身の匂いを消すためにござります」

氏直の頭の中を覗いたかのように、半蔵が語る。あまりにも唐突であり、そのうえみずからの思考に驚くほどに添うていた言葉であったから、驚きを隠せず目をしばたたかせてしまった。そんな北条家の当主のしぐさを口元を緩めて眺めていた半蔵が、黒衣の袖をみずからの鼻のほうへとやって、言葉を継ぐ。

「汗や体から滲み出る匂いだけはどうしても隠せは致しませぬ。忍のなかには犬同然に鼻が利く者もおりまする。いくら影に潜んだところで、匂いだけは誤魔化せませぬ」

「その香で、誤魔化せるものなのか」

「無理でござりましょう」

あっけらかんと答えた半蔵に、ついつい驚きを隠せず目を白黒させてしまう。そんな氏直が面白いのか、徳川の忍は頰を緩ませている。

「本当に鼻の利く忍は誤魔化せませぬ。が、並の忍や、侍ならば、少なくとも匂いで勘付かれるようなことにはなりませぬ」

「そういうことか」

「いずれにせよ、備えのひとつにござります。備えあれば憂いなし。やれることは全てやる。それが忍にござります」

「でなければ、このような敵のど真ん中まで単身で忍び込むような芸当はできぬというわけか」

「左様」

己の才や功を誇るでもなく、半蔵は平然と答えた。その清々しい様が、氏直にはたまらなく好ましく思える。

北条家の侍などよりも、よほど清冽《せいれつ》であった。

今日、広間に集った家臣どもを思い出す。

氏直を真の主と認めていないくせに、みずからの存在だけは無言の裡に誇示してみせる。無言ならばまだ可愛げもあるが、松田憲秀などのように声高に父にみずからを誇示しながら、当主である氏直にもしっかりと気を配っている。

己なのだ。

すべてが。

どれだけ御家大事と声高に叫んでみても、その心の裏には、己の栄達と、みずからの血族の繁栄という本当の欲が潜んでいるのだ。その透けて見える浅はかな欲望が、氏直には耐えられない。口先では奇麗事を並べ立てておきながら、裏ではなにをやっているのかわからない。

氏直は己を見る家臣たちの視線が耐えられないのだ。

己を軽んじているくせに、みずからの欲求を満たしてくれる次代の主となりうる存在への打算も見え隠れした陰湿な視線。いまのところは父を奉じ、いつかはこの息子に乗り換える。その機を皆、じっとうかがっている。

今までは……。

それがどうだ。

十万の大軍に囲まれてからというもの、憲秀のような強硬な交戦論者でなければ、誰も氏直と目を合わせようとしない。父から息子へと乗り換える機をうかがっているのではないのだ。どうやって、この沈みかけた船から降りて、塀の外で笑っている猿へと乗り換えようかと、考えている。

欲なのだ。

欲しかない。

家臣どもの瞳には……。

「捨ててしまわれればよろしかろう」

「え」

唐突に聞こえた半蔵の声に、氏直は思わず童《わらべ》のように屈託なく聞き返してしまった。それが己の口から出た声であることにすら気付かずに、ただじっと目の前の忍を見つめる。半蔵は、そんな氏直を優しい笑みで迎えながら、ゆるやかに色の薄い唇を震わせた。

「耐え難き浮世ならば、捨ててしまわれたら如何か」

「捨てるなど……」

できるはずがない。

氏直はみずからの細い十本の指に目を落とし、徳川の忍に告げる。

「この城で生まれ、この城で育った故、この城の外で生きる術《すべ》を知らぬ。どれだけ憎んでみても、我を生かしておるのは、この城に生きる者たちなのだ。それらを捨てて、儂はどうやって生きていけば良いのかわからぬのだ」

このような……。

半蔵のような男ならば、どこででも生きていけるのだろう。顔を合わせてまだ半刻にも満たないくせに、なぜだか半蔵の優しい笑みに、男としての揺るぎない強さを氏直は感じていた。

「叔父上が其方《そなた》のような男であった」

「氏邦様でござりまするか」

氏直の心の中などお見通しとばかりに、半蔵が問う。見透かされているくせに、不思議と嫌な心地がしない。嫌悪よりも、心地良い話しやすさに、ついつい口が滑る。

「叔父上は強き御方であられた。父上などよりも……。それ故、野戦を望まれ、父上や家臣と衝突し、城を出て行かれた」

「生きておられまするぞ」

「知っておる」

鉢形城を落とされた叔父は、いまは敵の元にいる。

「息災であろうか」

「膝を屈した将を無下には扱いませぬ」

よどみない口調で言い切った半蔵に、つい氏直は気弱な言葉を投げかける。

「儂も……。儂も御主に下って密かに城を出れば、無下には扱われぬか」

「無論」

背筋を伸ばして半蔵は言い切った。

目の奥に熱いものが込み上げる。

いっそのこと……。

この忍に命を預けて、いまから密かに城を出ようか。城を出て、家康の元に降り、ただ一人、秀吉に頭を垂れようか。

本当は。

ずっと前から秀吉に屈したかった。

関白就任の折、上洛を促された時に、父とともに素直に上洛し、秀吉に恭順の意を示していれば、北条家はここまでの窮地に追いやられることはなかったはずだ。あまりにも広大な所領は多少減じられるかもしれないが、それを恭順の証とすれば、領土を安堵《あんど》され、豊臣幕下の有力大名として関東に威を張れたはずである。

「下策……。あまりにも下策」

つい口から想いが零《こぼ》れだす。

「御父上でござりまするか」

こちらの心の裡など半蔵にはお見通しである。もはや氏直は、目の前の忍に胸中をごまかそうとは思わない。静かにうなずいて、胸の裡を披瀝する。

「そうだ。父上の過剰なまでの秀吉に対する憎しみが、北条家を滅ぼそうとしておる。父上はあまりにも愚かであった。秀吉という男を見誤っておったのだ」

「そこまで御思いであるならば、殿の御言葉を聞いていただきたい」

半蔵が何故目の前にいるのか。徳川の忍の密かな推参の目的を、氏直はいまさらながらに思い出していた。

「聞かせてくれ」

「承知」

半蔵が深々と頭を下げた。

「御免」

言ったかと思うと、鋭い動きで片膝立ちになった徳川の忍が、氏直の耳に口を寄せる。

「北条を生かす道はもはやさほど残されておりませぬ。関白殿下が御怒りになっておられるのは、舅殿の不遜な所業にござりまする」

「父上か」

「左様」

それは、氏直も痛いほど承知している。

「それ故、主はこう申されておりまする。舅殿を城から放逐いたすのです。北条家の当主として、家を傾かせた謀反人として、舅殿を城から出し、徳川の陣所へと御送りいただくのです」

「父を見殺しにせよと言うのか」

無言のまま半蔵が耳元でうなずく。

身ひとつで父を徳川の陣所に送るということは、その身柄を秀吉に委ねるということだ。絶対に秀吉は父を許さないだろう。関白が発した総無事の令に反したということは、朝敵と見なされても無理はない。謀反人として、父は首を刎《は》ねられるだろう。

「父を売れと申すか」

「それしか北条が生き残る道はありませぬ」

「関白殿下が御許しになるだろうか」

「それはわかりませぬ。が、舅殿の身柄を渡してくだされば、できることはすべてやらせてもらうと主は申しております る」

「家康殿がそこまで……」

「主は娘のことを想うてのことではないと申しておられます」

そこまで言った半蔵が、耳元から顔を遠ざけ、氏直と正対した。

「氏直殿という優れた婿殿のために、なんとしても北条家は守ると申しておられるのです」

「優れた婿殿……」

この城に、氏直を優れた当主と思っている者など一人もいない。優れた父の後ろでびくびくしているだけの無能な男。そう思われていることは、氏直もわかっている。

「儂など、家康殿にそこまで思われるような男ではない」

「北条家の当主は氏直様にござる」

両の瞳に揺るぎない光を湛えて、半蔵が言い切った。その力強い声に体を震わされると、身中から熱い滾《たぎ》りのようなものが湧いてくる。

「儂が北条家の当主……」

「左様」

当たり前のことを口にして、他家の忍にそれを肯定されて、氏直はあらためて己の立場を心底から理解したような気がした。

己は北条家の当主。

わかってはいたのだが、腹の底で理解してはいなかった。

父がいる。家臣たちも父を主と思って憚らない。それが北条家の在り方であると幼い頃からずっと思っていた。

当主となった後も。

「しかし……」

気弱の虫が心の裡で騒ぐ。

「いかに儂が当主であると声高に叫んだところで、家臣どもが父を謀反人などと呼ぶはずがない」

手を振り上げてはみたが、誰も付いてこないという行く末を、容易に思い浮かべることができた。

「逆に儂が父から城の外へと捨てられるだけじゃ」

「ならば……」

半蔵は氏直を見つめたまま、まばたきひとつしない。

「我と我の手下で、舅殿を攫《さら》い、徳川の陣中へと運びまする」

「攫う……」

無言でうなずいた半蔵が、ふたたび耳元へ顔を寄せた。

「城から舅殿がいなくなれば、家臣どもも氏直様を当主として仰がねばなりますまい。いまは戦の真っ最中にござる。仰ぐべき主がいないなどという事態は誰も望みませぬ。そこで、舅殿は皆を捨てて単身、徳川へ降ったと氏直様が家臣に告げるのです。松田憲秀のような舅殿の腹心どもを粛清いたす必要はあるやもしれませぬが、ひとまず舅殿を攫い、北条家の内側を氏直様が治めてしまえば、後は氏直様が当主として関白殿下に恭順の意を示していただくのは難しいことではありますまい。そして、その一切を我が主が差配いたすとのことにござります」

「家康殿がそこまで……」

「氏直様がやれと申してくだされば、我等は舅殿を攫うために動きまする」

父の命を売れ。

家康はそう言っている。

「父上とともに死にまするか。それとも義父殿の力を借り、家を守りまするか」

元から……。

真の父には期待されぬ身であった。

北条家は父の物だ。

「父は北条家は己とともに滅ぶ物だと思うておられるのやもしれぬ」

「そうはさせませぬ」

正道を行く。いまもその想いは変わらない。だが、正道を行くために、いまはこの男の力を借りねばならぬ……。

「頼む半蔵。北条家を守ってくれ」

氏直は生まれてはじめて忍に頭を下げた。

「承知仕りました」

氏直から離れ、半蔵も頭を垂れる。

「殿、そろそろ明かりを……」

唐紙のむこうから声が聞こえる。

気付けば、障子戸から染み出して来ていた光が絶えていた。薄紫に染まった障子のむこうに、夜が迫って来ている。

「では、またいずれ」

みじかい言葉とともに、半蔵が天井に開いた闇に吸い込まれてゆく。無言のままそれを見送ると、氏直は唐紙のむこうに声を投げた。

「火をくれ」

「支度はできております」

家臣たちが唐紙を開くことは無い。

明かりをもらうため、氏直は立ち上がる。

やけに体が重かった。

九

「まったく骨が折れるわい」

付き従う者たちに聞かせるでもなく、松田憲秀はため息交じりの声を発した。

本丸からの帰りである。

重代の重臣であり、憲秀自身、一年前までは宿老として小田原衆筆頭という立場にあったから、その屋敷地も本丸側に与えられていた。本丸を出て、さほど歩かずとも、己が屋敷に戻ることができる。だが、そのわずかな距離すらも、いまの憲秀には億劫《おっくう》であった。

齢、五十六……。

先代当主、氏政よりも三つ年嵩である。すでに家督を息子の直秀《なおひで》に譲り、本来ならば城へ出仕せずともよい立場であるのだが、先代に呼ばれればそういうわけにもゆかない。

戦場で槍を持つことなどとうに忘れた体には、幾重にも脂がまとわりつき、昔よりも重くなったその体を引きずるようにして、連日のように城へと登っている。

戦を続けるためだ。

もはや、引っ込みが付かないところまで来ている。すでに家臣たちは、敵の揺るぎない包囲に恐れをなし、戦を続けることを厭《いと》いはじめていた。現当主である氏直は、元から戦には乗り気ではなかった。戦を望んだのは氏政である。憲秀にとって、主といえば氏政であった。今の当主である氏直は、当主としていささか心許ない。やはり、氏政でなければ、関東に覇を唱える北条家は治まらない。

その氏政が、戦を望んだのだ。憲秀はなにがあっても、戦を続けなければならなかった。

勝つ……。

いまもまだ、憲秀は諦めていない。

すべての家臣が秀吉に頭を垂れようとも、憲秀だけはぜったいに膝を折らない。氏政とともに首になるまで、戦うつもりだ。

だから。

骨が折れる。

気の萎《な》えた者どもの前で、先代とともに鼻息を荒らげ抗戦を主張し続けるのが、老いた憲秀の務めであった。すでに家督を譲った氏政と憲秀ではあるが、いずれもまだ実権まで息子に譲った覚えはない。北条家の当主と小田原衆筆頭の己。氏政と憲秀が手を携えている限り、北条家が揺らぐことは無いのだ。

「見えて来たわ」

先を行く近侍の提灯《ちょうちん》の明かりの先に、見飽きた門が主の帰還を待つように、今日もなんの変わりもなくそこにある。憲秀の左方に伸びる白壁は、すでに松田家の屋敷のものであった。

ひと足先に息子は戻っているはずだ。

松田家の当主である直秀は、憲秀にとっては二人目の男児である。長子である新六《しんろく》郎政晴《ろうまさはる》は、北条家初代、伊勢宗瑞の譜代の臣であった名家であり松田家とおなじく宿老を務める笠原《かさはら》家を継ぎ、笠原政晴と名乗っていた。

憲秀が帰る屋敷で待っているのは、次子の直秀である。

遅くなったのは、先代の相手をしていたからだ。

定例の評定が終わった後、氏政の私室に呼ばれることは珍しくない。今日も別段、取り分けて語るような事柄もないのだが、先代に呼ばれ、よもやま話に花を咲かせた。二人ともまだ若き頃、先代が家督を継いでなお、先々代に実権を握られており、その愚痴を散々に聞かされたことなど、昔話に多くの時を費やすことが多かった。

先代は恐ろしいのだ。目の前の現実を直視するのが。

北条家がいま未曾有《みぞう》の窮地に陥っていることくらい憲秀にもわかっている。難攻不落の小田原城に籠り、敗北という言葉がはじめて北条家の前に現実のものとして現れようとしている。

その現実から先代は少しでも目を逸らそうとして、憲秀を私室に呼ぶのだ。評定の席での猛々《たけだけ》しい話からは一転、私室での先代は戦のことをいっさい口にしない。そんな先代をおもんぱかり、憲秀も戦のことは語らない。

もう譲れぬところまで来ているのだ。どれだけ現実から目を背けても、戦を止めることなどできはしない。氏政も憲秀も、自分たちが引き返すことのできぬ船に乗ってしまっていることは、十二分に承知している。そのうえで、昔に想いを馳せ、わずかな時だけでも行く末を忘れようとしているのだ。

だから。

疲れる。

本丸から戻る道中、体が鉛のように重くなるのだ。

あと少し。

一歩一歩、引き摺るようにして足を前に進める度に、我が家の門が近づいてくる。

早くあそこへ……。

すでに門を守る兵たちは、憲秀に気付いている。こちらに体をむけて、頭を下げて憲秀が門に至るのを待っていた。憲秀が門の前まで行けば、内側の閂《かんぬき》が外されて、待つことなく屋敷の裡へと迎え入れられる。

鎧など着けていない。戦の最中であることなど知ったことではなかった。あんな重い物を着けて、家臣たちの前でがなり立てられるほどの体力は、老いさらばえた憲秀にはない。甲冑を着けて城に行けば、ここまで戻って来られる自信はなかった。

首の後ろを急に誰かに引っ張られた。

「ぬぅっ……」

気の抜けた声が口から漏れる。

なにが起こったのかわからなかった。

だが。

今の今まで憲秀が立っていた場所に、夜の闇よりもなお黒い物が降って来たのを目の当たりにして、我が身に異変が降りかかろうとしていたことを悟った。

「な、な、なんじゃっ」

うろたえる声とともに、首の後ろを引っ張った何者かにむかって顔をむけようとする。しかし、その何者かは憲秀の動きよりも早く、つかんだ襟を思いっきり自分の背後にむけて放り投げた。凄まじい膂力《りょりょく》で振り回された憲秀が地を転がる。

天地が幾度も入れ替わった。

目が回る。

尻が地に付き、なんとか落ち着いたと思った刹那、今度はまん丸と肥えた腹を衝撃が襲った。

蹴られた……。

思った時には、ふたたび地を転がっている。ぐるぐると回る視界の端に、さっき自分が尻を落ち着けた場所に突き立つ刃が見えた。それを握っているのは、天から降ってきた闇だった。

襲われている……。

やっとのことで憲秀は自分が置かれた境遇を悟った。

「何者じゃっ！」

叫びながら駆けて来るのは、槍を手にした門番たちである。

四肢をふんばってなんとか転がるのを止め、腰に力を込めて立ち上がろうと試みた。が、練磨を怠り肥大してしまった上に、老いて力を失っている体は思うように動いてはくれない。地に両手を突いて踏ん張ろうとした刹那、腰から砕けて仰向けに倒れてしまった。

「ぷはっ」

己でも情けなくなるくらい気の抜けた声が締まりのない唇の隙間から漏れる。

星……。

夜空を埋め尽くす星に束の間気を奪われてしまった己の愚かぶりを、憲秀は視界に飛び込んできた闇を前にして悔いた。

宙を舞う闇の手に握られている銀色の刃が、門に掲げられた松明の火を受けて輝いている。

起き上がっても間に合わない。地を転がってなんとか避けようと試みる。

「うぐっ」

うずくまった憲秀の背に、重い物が伸《の》し掛かった。

闇だ。

「誰じゃ。どこの刺客《しかく》ぞっ！」

地に顔をむけたまま叫ぶ。

闇は答えない。

殺される……。

目を閉じ、息を止めて覚悟した。

なにかが足早に地を蹴る音がし、急に体が軽くなる。

「早く立て」

少年の声だった。

うながされ、憲秀は手足をばたつかせながら、なんとか立ち上がる。

闇が。

闇と対峙していた。

門番たちはどうした。近侍たちは。

周囲に目をやる。

死んでいた。

五人。

門番二人と、城から従っている近侍が三人。憲秀の家臣たちはことごとく地に転がり、骸と化していた。

では、いま闇と対峙しているもうひとつの闇はいったいなんなのか。

おそらく、憲秀を立たせた少年の声は、いま背を向けて襲撃者と対峙しているもうひとつの闇の物だったのだろう。

「お、御主は……」

「黙っていろ」

背を向けたまま言った闇の声は、やはり先刻の少年の物だった。

少年は得物を持っていない。一方、襲撃者の方は、逆手に持った小刀を、みずからの胸元に構えながら、少年と対峙している。

「御主、風魔か」

「黙っていろと言ったはずだ」

執拗に問うた憲秀に苛立ちの声を少年が投げた。

その刹那、襲撃者が動いた。

一直線に少年との間合いを詰めた闇が、胸元の小刀を小さな挙動で振り抜く。

鉤《かぎ》状に肘を折ったまま振られた刃を、少年は腰から上を反らして避けた。闇はその動きを読んでいたかのように、振り上げた刃を少年の反らしたままの胸目掛けて振り下ろす。

小刀を摑んでいる拳を、少年が取った。

憲秀にはなにが起こったのかわからない。が、少年が拳を取った瞬間、闇の頭と足が逆さまになった。そのまま両足が虚空で回転して、ふたたび地に付くと、少年は拳から手を離して、体を斜めに傾けた。それまで少年の体があった場所を、刃が下から斜めに切り上げた。一瞬の差である。少しでも少年が避けるのが遅かったら、いまごろ首が胴から離れていたであろう。

虚空を斜めに切り裂いた闇が、少年から間合いを離すように大きく後ろに飛ぶ。

少年は追わずに、両手を顎のあたりに掲げて構え、背後の憲秀を守る態勢を取る。

逆手に小刀を持った闇が肩をすくめてみせた。

「今日は退く」

少年は答えない。

闇は憲秀たちに顔をむけたまま、後方にむかって走り出した。後ろにむかって駆けているというのに、全力で疾駆するのと変わらぬ速さで、ぐんぐんと遠ざかってゆく。

少年は追わなかった。

すぐに闇は夜に溶けた。

「お、御主……」

背を向けたままの少年に声をかける。今の今まで気付かなかったが、少年は憲秀よりも頭ひとつ小さい。まだ幼さが残る背中を見ながら、殺意に満ち満ちた闇と対峙して恐れを微塵も見せなかった少年の心根に驚く。

「おい」

背をむけたまま答えない少年に声をかけながら、一歩前に踏み出し間合いを詰めた。

「別に、あんたを守ったわけじゃない」

濃紺の衣に身を包み、腰から下に墨染めの袴を着け、足首を脚絆《きゃはん》で覆った少年が、肩越しに憲秀をにらむ。その鋭い眼光は、それ以上の間合いの接近を拒むかのごとく、憲秀を牽制していた。おそらく祖父と孫ほども年の離れている少年の覇気に、憲秀はすっかり呑まれてしまい、指ひとつ動かすことすらできずにいる。

「城の外の犬があんたを狙っているようだ。気を付けることだな」

「お、おい御主は……」

「風魔」

少年は闇に消えた。

＊

「殺すよりも、取り込んだ方が早いな」

笠原政晴は室内を照らす灯明《とうみょう》を見据え、一人つぶやいた。

答えは無い。

笠原家の己が部屋に一人きりで座している。灯明は部屋の真ん中に置いている。部屋の四隅に闇がくぐもっていた。

どこに奴がいるのか。

政晴にもわからない。

だが。

奴がいるのは間違いない。

だから、政晴は答えが返って来なくとも語る。

「あの男は昔から我が身だけが可愛いのよ。籠城を申し出たのも、下手に野戦などして矢傷を負うのを恐れたからよ。城を守る務めを仰せつかったとしても、他の者たちが野戦で散々に打ち負かされてしまったら、城を守る兵が残されず、大軍に蹂躙《じゅうりん》され、己が身も危うくなる。死にたくない一心で、命が繋がる策を選んだだけよ。勝つ気などないのだ。あの男には……」

己があの男の血を継いでいると思うと、政晴は耐え難い吐き気を覚える。先代に追従することで、己が身を守ってきただけの男だ。

「父などと思うたことは一度もない。だが……」

灯明をにらむ政晴の口の端が吊り上がる。

「抱え込むとなると、血縁であるほうがなにかと都合が良い」

あの男はこの戦の根幹に居座っている。

「奴が関白殿下と密かに通じたとなれば、先代もこれ以上戦を続けようとは思うまい」

部屋の隅にくぐもる闇がわずかに蠢《うごめ》いたように、政晴には思えた。

「所詮、あの男は我が身が可愛いだけ。儂が関白殿下と通じておることを知れば、必ずやみずからも賛同すると申すはず。この際、私怨は捨てようではないか」

本当は殺してもらいたかった。

笠原の家を継いだ政晴にとって、いまやあの男の生死など、なんの意味もない。だが、それでも死んでほしいと願った。この城の裡でともに生きていることが、耐えられなかった。

「彼奴《あやつ》は先代とともに戦を主張した張本人よ。いくら内応したところで、関白殿下が御許しになられるはずもない」

笑いが声となって腹の底から込み上げてくる。

「わずかの間、奴の命を長らえてやろうではないか」

どれだけ政晴が語っても、闇が答えることはなかった。

十

容易《たやす》い……。

空蟬《うつせみ》は一人ほくそ笑む。

まるで祭である。秀吉に与《くみ》する大名の陣中は、どれも同じような惨状であった。

惨状。

空蟬はそう断じる。

これが本当に陣所なのかと目を疑いたくなるほど、松明の火に照らされた敵たちは顔を酒気で真っ赤に染めながら、女たちと騒ぎ浮かれていた。酒も食い物も潤沢なの

だろう。敵の領内であることなどお構いなしといった様子で、皆が呑み食らってい
る。そんな余所者たちの銭を当てにした商人たちが、どこぞからか群がってきて、商
いを行っていた。
これを惨状と評さずして、なんと呼ぶべきなのか。
首に回した紐で背にぶら下げた陣笠を揺らしながら、空蟬は嬌声《きょうせい》渦巻く敵の陣中を
足早に歩く。
見咎《みとが》める者などいない。
敵は目の前に見える巨大な城に閉じこもって出て来ようともしない。このまま一度
も刃を交えずに戦が終わるのではないかと、皆が薄々思い始めている。
敵は城のなか。
こんなところにいるはずがない。
いるのだ。
ここに。
頬が緩みそうになるのを必死にこらえ、空蟬は標的を探す。
これほど容易く敵中に潜り込めたのは初めてのことだった。
闇に潜んで城を抜け、四方を囲む空堀に身を潜めながら敵陣へと接近して楽しそう

な声のする方へとむかい、そのまま陣幕を潜って潜入し、堀家の足軽になりすました。城を出た時から胴丸を着込んでいるから、敵陣に入ったら、そのまま明かりの多い方へと進んでゆけば、祭じみた馬鹿騒ぎに簡単に紛れ込むことができた。

見回りの者がうろうろしてはいるのだが、その目付きに緊張の色はない。はやく務めを終えて、馬鹿騒ぎに加わりたくてうずうずしているような者たちに、いったいなにが見えているというのか。横目で馬鹿騒ぎをうかがいながら腰を浮かせているような見回りたちに、空蟬の素性など見極めきれるはずもない。

殺《や》れ……。

それだけを主に命じられて、空蟬は敵地に紛れ込んでいる。

主の命はいつも簡潔だ。だが、それ故に忍としての腕が問われる。

標的を殺すことが全て。それが果たされなければ、どれだけ標的の間近まで迫ったとしても意味がない。重大な痛手を敵に与えるような働きをしたとしても、標的を討ち損じたら、務めを果たしたことにはならない。

殺れと言われれば殺すのみ。

他のことはいっさい考えない。

それが風魔の掟《おきて》である。

越前北ノ庄《えちぜんきたのしょう》を領する堀秀政の陣所に詰めている兵は、どれだけ多く見積もっても三千というところであった。

この程度の陣所であれば、風魔がその気になれば、一夜で潰すことができる。百ほどの風魔が夜陰に乗じて忍び込んで、手あたり次第に斬って捨ててゆく。馬を放し、幔幕に火を放って陣中を混乱させ、その隙に百人が一斉に襲い掛かるのだ。躊躇などいっさいない。そのうえ、手柄首や雑兵《ぞうひょう》などという差別はしない。目に入った者をただひたすらに斬って捨てる。

一晩もかからない。

三千人など二刻もあれば皆殺しにできる。

本来、風魔はそういう働きが得意であった。ちまちまとした潜入や攪乱《かくらん》などよりも、戦場での奇襲などのほうが一族の性に合っている。第一、当主の小太郎が、潜入などのような繊細な仕事に向いていない身形をしている。身の丈七尺を越え、口から牙の先端が飛び出しているような偉丈夫なのだ。陣中に忍び込んだら、ひと目で見抜かれてしまう。

だが……。

いまこうしている間にも、小太郎はどこかで空蟬を見ているはずだった。

小太郎もこの陣に紛れ込んでいるのだ。

空蝉が兵に紛れ、松明の照らす場所から狙い、小太郎はあくまで闇に潜んで狙う。陰陽両極から標的を狙う手筈となっていた。

四十半ば、身の丈も五尺をわずかに越すほどという目立たぬ身形をした空蝉が、気配を押し殺して歩いていると、誰の目にも入らない。だから、こういう小細工仕事には、重宝された。

本当は空蝉も、刃を振るい、敵を皆殺しにするような仕事の方が好みであった。敵の目を避けてこそこそと標的に近づき、密かに殺すなどという小細工仕事は、胃の腑が痛くなるだけで、気が晴れることがない。こういう仕事は疲れる。

「ふぅ……」

ため息が漏れた。

そろそろ豪勢に火が焚かれた祭の中心から逸れ、陣所の深部へとむかわなければならない頃合いである。これほど気の抜けた陣所であろうとも、主のいる奥深くの警護は厳重であるはずだ。

秀吉の配下のなかでも、福島何某《ふくしまなにがし》や加藤《かとう》何某のような酒好きの猪《いのしし》武者ならば、みずから率先して宴に飛び込んでいるかもしれない。標的が宴のなかにいるならば、騒ぎに紛れて背後に回り込んで刺すこともできる。

だが、堀秀政という男はそういう手合いとは違っているようだった。

宴のなかに秀政の姿はなかった。

名人久太郎……。

なにを命じられてもそつなくこなす、武と政、いずれの道も一流であるという。そのような男はさすがに弁《わきま》えている。

騒ぎから離れ、幔幕を抜けて陣中深く潜りこむと、冷ややかな気が空蟬の体を一気に包んだ。寒いわけではない。あれほど緩んでいた陣中の気が、幔幕一枚隔てただけで、ぴんと張りつめているのだ。

「ただの見世物ということか……」

空蟬は闇につぶやく。

大名衆の馬鹿騒ぎを許しているのは、秀吉自身であるという。兵たちの気晴らしのためというより、籠城中の北条方に見せつけるためだ。現に、小田原城内では、毎夜毎夜騒ぎ狂う豊臣方の兵たちの声が方々から聞こえてくる。その浮かれた声に、たしかに侍たちは猛々しさを奪われているようだったが、空蟬のような忍には、山の獣の声となんら変わらなかった。

秀吉の許しといえば聞こえは良いが、その実、命なのだ。

兵たちに馬鹿騒ぎさせよ。

これも猿の策なのだ。

秀政は、秀吉の命を忠実にこなしているのだ。しかし、こなしているだけなのである。小田原城に最も近い所に馬鹿騒ぎする場を設け、そこに女や商人たちを引き込んで、兵たちとともに騒がせる。しかしその実、一歩深く陣中に潜ると、警戒を解かぬ張り詰めた気を保った兵たちが静かに陣取っているのだ。いつ何時、敵の襲撃があったとしても、馬鹿騒ぎしている者たちを踏み越えて、身支度万端整えた兵たちが、迎撃にむかう。その手筈を常に怠っていない。それが名人久太郎と呼ばれる男の陣中であった。

張り詰めた気が肌に触れ、空蟬の口角が自然と上がってゆく。

ここからは、敵の目に触れれば、すぐに嫌疑をかけられるはず。もはや、足軽の変装など意味もない。鎧が摺《す》れる音がするだけ、邪魔だ。

そう思った時には、空蟬は鎧の紐に手をかけている。よどみない動きで一気に胴丸を脱ぎ捨て、褌一枚になった。もはや、どんな格好をしていても疑われるのだ。身軽なだけ、胴丸を着けているよりましである。

「くく……」

頭上から小太郎の笑い声が聞こえて来た。

ここまで一度として、御頭の気配は感じなかった。しかし、やはりずっと空蝉のことをどこかで見ていたのだろう。声のした方に目をやると、幔幕の外に広がる竹林のなか、一本の竹だけが不自然なほど大きく揺れていた。

＊

「まったくいつまでこんな馬鹿げたことをしておるつもりなのか……」

ため息交じりに言った堀秀政は、空になった盃を膳の上に投げ捨てた。

誰も聞いていない。

独白である。

でなければ、こんな不用意な発言をするはずもない。人の口に戸は立てられない。尾ひれ背びれが付いて、堀久太郎に謀反《むほん》の企みありなどということにもなりかねぬのだ。

あの猿は猜疑心が強い。信長公の家臣であった頃から。

秀政は信長の小姓であった。家臣たちの子息を集めた小姓衆のなかでも、秀政は抽んでた存在であったと、己でも思う。身の回りの世話や、戦場での夜伽《よとぎ》のような小姓が務めるべき仕事だけではなく、秀政は側仕えのような仕事まで任されていた。信長の命を家臣に伝えたり、使者として他国におもむくことも珍しくはなかった。

秀吉は、秀政が主の命を伝えるべき男だった。

あの頃から、秀吉は秀政に疑いを持っていた。本当にこの男は忠実に主の命を伝えているのか。底意はないか。気さくに笑う目の奥で、秀吉は常に猜疑の念を秀政にむけていた。

〝仰せ、しかと承り申したと禿鼠が言うておったと、殿に伝えてくだされ、久太郎殿〟

そう言って屈託なく笑う秀吉に肩を撫でられる度、秀政は背筋に寒気を覚えた。拒絶がそうさせるのではない。

恐ろしいのだ。

あの猿が。

心の底から。

その想いはいまも変わっていない。

信長が死んで、天下は猿の物となった。織田家の重臣たちの誰に乗り換えるか。皆が決断を迷うなか、秀政は誰よりも早く秀吉に付いた。

信長の跡は秀吉しかいない。

理ではなかった。己の身中に宿る恐怖に従ったまでだ。

そして、その判断は間違っていなかった。

越前北ノ庄を猿に与えられた。

彼の地は、もとは織田家の宿老筆頭、柴田《しばた》勝家《かついえ》の物であった。その勝家も、秀吉との闘争で敗れて死んだ。

間違っていなかった。

堀家にとっては。

だが、秀政だけの想いとすれば、歩むべき道で一番苛烈なものを選んだように思う。

名人。

秀吉は秀政のことをそう呼ぶ。

そつがない……のだそうだ。

己ではわからない。

与えられた命を懸命に果たしてきただけのこと。幾度も失敗しているとは思う。

家康との戦に敗れた。

小牧長久手《ながくて》の戦で、秀政は総大将である秀吉の甥、羽柴秀次《ひでつぐ》を止められず、敵の奇襲に遭って手痛い敗北を喫してしまった。この奇襲で、織田家の家老であった池田恒《つね》興《おき》も死んでいる。全滅だけは免れんと、秀政はこの戦で殿《しんがり》を務めた。なんとか秀次だけは京に逃がすことができたのだが、秀政にとって小牧長久手の戦は汚点でしかない。

だが秀吉はそう思ってはいない。

見事に殿を務め、味方を逃がしおおせた功は大きいと言って、秀政を褒《ほ》めたのだ。

〝さすがは名人久太郎じゃ〟

大敗であった怒りから目を背《そむ》けるためでもあったのか、秀吉は戦場から戻った秀政を殊の外褒めた。

褒められれば褒められるほど、重用されればされるほど、秀政の腹は悲鳴を上げる。きりきりと歪み、吐き気を催し、痛みで夜も眠れなくなる。

秀吉の笑みの奥に光る猜疑の念が、秀政を苛むのだ。

投げ捨てた盃をふたたび手に取り、酒を満たす。

幔幕で区切った狭い私室がわりの場所で、床几に重い体を落ち着けて、四半刻前から一人で呑んでいた。

評定などするだけ無駄だ。決して開くことのない城門をにらみながら時を過ごす。そして夜になれば、己が陣中から聞こえてくる家臣どもの嬌声を聞きながら床に就く。そしてまた朝が来て、城をにらむ。

敵が音を上げるまでこの馬鹿げた戦が続くのかと思うと、腹の中がきりきりと軋《きし》みだす。

酒を腹中に納める。その一瞬だけ、ぱっと腹の奥が熱を帯びるのだが、すぐに冷め、頭はいつまで経っても酔いにほだされてはくれない。

酔わぬ腹がしくしくと痛む。

甲冑《かっちゅう》に覆われた腹に手をやる。

「いっそのこと、病に腹を食い破られて死んだ方が増しなのかもな」

また……。

誰にも聞かせることのできない弱音が口からこぼれだす。名人久太郎でいることに、心底から疲れ果てていた。

「そんなに死にたければ、すぐに楽にして進ぜましょう」

手をやった腹を見下ろしていた秀政は、突然聞こえた声に誘われ、顔を上げた。

幔幕が途切れた入口の辺りに、男が一人立っている。たしか、途切れた幔幕の両脇に、警護の兵が一人ずつ立っていたはずだ。しかし、その姿はどこにもない。

いや。

あった。

立っている男の足元に転がっている。

「誰じゃ」

軋む腹に力を込めて言った。

秀政の背後で燃える篝火《かがりび》の炎が、男を照らす。

「ん」

思わず声が漏れた。

褌一枚着けただけの、裸の男が立っている。貧相な面に微笑をたたえ、床几に座る秀政を見つめていた。小男というほどではないが、小柄ではある。

全身が濡れて光っていた。

「なっ」

もう一度声が漏れた。

篝火の炎の所為で、はっきりとわからなかった男を包む艶の原因が、少しずつ間合いが詰まってきたことでしっかりと見極められたのである。

血だ。

男を濡らしていたのは黒々とした血であった。男は頭からおびただしい量の血をかぶったかのように、全身を赤黒く染めながら、妖しく笑っている。

何故だか、男が怪我しているとは思わなかった。秀政は頭から、返り血だと判じている己を不思議だとも感じない。

「何者だ」

答えが返ってこないことなどわかりきっているのだが、問うてみる。

「風魔の空蝉……」

秀政の想いに反し、目の前の男は笑いながら言った。

「風魔だと」

敵が飼っている忍の一党が風魔という名であることなど、秀政は百も承知である。

だとすれば……。

当てがないこともない。

「真田がしくじったか」

つぶやく。が、男の耳には届いていないはずだ。そんな愚行を犯すほど、秀政は耄《もう》碌《ろく》するような年ではない。

「真田だと……。それはいったいなんのことだ」

「っ！」

いきなり背後から聞こえた声に驚き、秀政は目の前の男を忘れ、振り返る。篝火の炎を塞ぐように、いつの間にか大男が立っていた。

「御頭」

血塗《ちまみ》れの男の声を背後に聞く。だが、秀政は向き直ることすらできない。

額をつかまれていた。

大男に。

墨染めの衣を着た大男が顔を寄せて来る。

「ひっ……」

思わず秀政は声を発していた。

人とは思えぬほどに切れ上がった唇の隙間から、獣じみた牙を覗かせる大男の白目が黄色く染まっている。化け物じみた男の形相《ぎょうそう》に、秀政の心は凍り付いていた。

「お前は秀吉の飼い犬ではないか。なぜ、真田などという名が出て来る」

「そ、そんなこと、わ、儂が答えるはずがなかろう」

「真田は忍城におるはずだ。なにを知っておるのだ。話してみろ」

「だ、黙れ」

額がぎりぎりと軋む。凄まじい力で締め付けられた頭を、激痛が襲う。

「潰してやろうか」

「ば、化け物め……」

冷酷に笑う大男が、牙の隙間から尖《とが》った舌先を出して己が唇を舐める。

「俺の仕事のはずでしょう御頭」

身近に血塗れの男の声が聞こえる。どうやら背後に迫っているようだった。

家臣たちが現れることはないと、秀政はなかば確信じみた勘働きで悟っている。背後の男が血塗れなのは、秀政に至るまでの道中を守る家臣たちを殺してきたからなのだ。

「このまま殺してやっても良いんだぞ」

目の前の大男が笑いながら語る。

骨が軋む音が続いているかと思った矢先、いきなり秀政の頭のなかでめしっという乾いた音が鳴った。それ以降、先刻までの激痛よりもさらに激しい、頭の芯にまで響くような痛みが秀政を襲い始める。

もはや、言葉を発することさえ難儀するほどの激痛に苛まれながら、秀政は血走った目で大男を睨み続ける。

「真田の犬めが城に入っておるのか」

「ぐ、ぐぅぅ……」

「御頭、そんなに締め付けたら答えられませんぜ」

「答えろ」

血塗れの男の言葉など耳も貸さず、大男は秀政の頭を締め続ける。

頭の骨が砕けたのだろう。乾いた音を聞いてから先は、締め付けられる度に生温《なまぬる》い物が、目と下瞼の間や、鼻と耳の穴から流れ出しているようだった。拭いたくても腕を上げることすらままならない。骨が砕けた後からは、手足が痺《しび》れてしまっている。

もう……。

己は助からない。

秀政の冷徹な思考が、非情な結論を導き出した。すると途端に、目の前の大男の所業が可笑しくなった。

「なにが可笑しい」

裂けた唇を吊り上げて、大男が問うから、秀政は思うように動かない舌を懸命に動かしながら、想いを言葉にした。

「た、たふける気もないくへに、ひまから死ぬやふを問ひただひて、どうふると言うのひゃ……」

滑稽極まりない。

大男は、秀政の問いを耳にして、これまで以上に唇を吊り上げた。

「それもそうじゃ」

秀政は頭の中でなにかが破裂した音を聞いた。

「御主の次は猿じゃ」

止めろ……。

脳裏に浮かんだ言葉を、秀政が発することは無かった。

名人久太郎とうたわれた秀吉股肱《ここう》の臣、堀左衛門督《さえもんのかみ》秀政は小田原の陣中で没した。

十一

「病じゃっ！　久太郎は病で死んだのじゃっ！」

逆上する老いた猿の怒号を浴びながら、出浦対馬守はひたすらに低頭している。

殺されたのだ。

堀秀政が。

風魔によって。

小田原城に潜っていた対馬守がそれを知ったのは、秀吉から遣わされた愁からの伝言によってであった。

〝すぐに本陣まで来い〟

秀吉が大層怒っているという愁の言葉は、いま対馬守の目の前で現実のものとなっている。

「いったい御主たちはなにをしておったのじゃっ！」

本陣を置く早雲寺の本堂に設えられた秀吉の私室である。家臣たちを遠ざけた室内に、猿は対馬守と愁のふたりだけを引き入れ、怒りを露わにしていた。

頭を垂れる対馬守の背後に愁が控えている。秀吉との繋ぎのために、愁は足繁くこの地を訪れていた。

「本来なら二度と御主には会わぬはずであったのじゃ」

畳んだ扇を左の掌に打ち付けながら、秀吉が吐き捨てた。

繋ぎは堀秀政の役目だった。

それがどうだ。

服部半蔵が小田原城内で暗躍しているということを秀吉の耳に直接入れるために、愁を遣わしたのだが、大層気に入ったのか、本来秀政に報告すれば済むはずだった事柄も、ことごとく秀吉の耳に入れなくてはならなくなった。

愁を遣わせる名目のためだけに。

「秀政が死んでおったところに、奴の血で言伝があったそうじゃ」

わずかに顎を上げ、上座の秀吉に顔をむけるが、目は伏せて視線を交わしはしない。

「御教えいただけまするか」

「次は儂じゃと書いてあったそうじゃ」

掌を打つ音が先刻より忙《せわ》しなくなっていた。苛立ちを扇にぶつけているのか、秀吉はしきりに己が掌を打っている。

「次とは……」

「儂を殺すということじゃっ！」

対馬守の頬を扇がかすめた。刃ではない。ぶつけられたところで、死ぬわけではない。避けずに受けた。その余裕が苛立ちを掻き立てたのか、秀吉が胡坐をかいていた両足を座ったまま高々と上げ、上座に敷かれた畳を激しく踏み鳴らし始める。

「敵は儂を殺すつもりじゃ！　わかっておるのか対馬守っ！」

「そのようなことは決して……」

「無いと言い切れるのかっ！」

言い切るもなにも、秀吉の警護を任された覚えはない。そもそも、己が忍を築城の警護に割《さ》き、手駒が足りぬ故に対馬守がわざわざ忍城から呼ばれたのではなかったか。身の危険は自業自得である。

「久太郎を守っておった者たちは、皆殺しにされておったそうじゃ」

「其の者たちは、忍にござりまするか」

「知らんっ！」

秀政の警護も仰せつかった覚えはない。

不手際があったとすれば、それは秀政自身の過失である。対馬守が怒鳴られる筋合いはどこにもない。

「敵は何故、堀殿を……」

「御主の手下から知られたのではないのか」

否……。とは断言できなかった。実際に城内に忍び込み、北条家の重臣と接触を試みようとして戻ってこなかった者がいる。配下となってまだ日が浅かったが、堅実な仕事ぶりは買っていた。もし、変事に見舞われたならば、どのような手段を選ぼうと、かならず同朋に接触を試みるよう厳命していた。敵に捕らわれたのだろうし、おそらくもう生きてはいない。

だが。

どんな苛烈な拷問にあったとしても、あの男が敵にみずからのことを語ることはないはず。ましてや、対馬守や堀秀政のことを口にするとは思えなかった。しかし、秀政が殺されたとなると、そうも言ってはいられない。

「敵は風魔で間違いござりませぬか」

「なにが言いたい」

乾いた頬をひくつかせ、不機嫌をあらわにしながら秀吉が問う。

「北条の忍に見せかけた……」

「裏切り者がおると言いたいのか」

「あらゆる事態を考慮せねばならぬかと存じまする」

「伊賀者か」

「それも考えられ得るかと」

秀吉が言った伊賀者とは、服部半蔵を示している。

「しかし、何故徳川殿が久太郎を殺さねばならぬ。儂の命を狙うのであれば、この寺に刺客を送れば良いではないか」

「陽動……」

「どういう意味じゃ」

「我等の企みを知っており、その上でその動きを牽制するために、堀殿を亡きものとしたとは考えられませぬか」

「北条を裡から壊してもろうては困ると、徳川殿が思うておるということか」

わからない。

風魔が殺したと断言する秀吉に対して、別の可能性を提示しただけだ。対馬守にも確たる考えがあったわけではない。

「徳川殿はたしかに城のなかでなにかを企んでおられます」

愁から秀吉の命を伝え聞いた対馬守は、重臣とその近親者への接触を試みながら、伊賀者を探っていた。

「服部半蔵と思しき忍が、城に忍んでおるのは間違いありませぬ」

「目当てはなんだ」

「わかりませぬ」

「家康め……。いったいなにを企んでおるのじゃ」

服部半蔵という名の忍が徳川の伊賀者の棟梁であることはわかっているのだが、対馬守はいまだにその正体を判じかねている。

神出鬼没なのだ。

小田原城の闇を手繰り、忍の気配を探ると、風魔よりも服部半蔵の気配を濃く感じる。服部を名乗る者が城門の手前で捕えられるのを見ただとか、風魔に殺された忍が半蔵という名であったとか、とにかく伊賀者というより、服部半蔵という名の忍の噂を耳にする。

もっと不審なことがある。

城内の噂を信じれば、服部半蔵はもう死んでいるのだ。

しかも噂はひとつだけではない。先の城門で捕えられた忍も殺されたらしいし、その他にも城内の数ヵ所で、風魔に見つかり殺されただとか、数十人の侍と斬り合いになって死んだとかいう話を聞くのだ。

どれもこれも服部半蔵……。

城内に潜伏している忍がすべて服部半蔵なのではないかと思うほど、半蔵の名が溢れている。

その所為で、半蔵の目的が判然としない。

殺された半蔵がそもそも忍なのか。それすらもわからないのだ。これだけ多くの半蔵が城内を跋扈《ばっこ》していると、偽物という言葉すら空々しく思えてしまう。伊賀者なのかすら怪しい。

本当の半蔵の狙いはなんなのか。数多《あまた》の半蔵が目くらましとなって、狙いが定まらない。

故に。

秀政の死にも半蔵が介在しているのではないかと、勘繰りたくもなる。

「城内に伊賀者が潜んでいるのは間違いありませぬ。ただ、徳川殿がなにを命じられたのかはわかりかねまする」

「真田の有能な飼い犬であるというから、どれほどの忍であるかと期待しておったが、こけおどしであったか」

あからさまな挑発に乗る訳にはいかない。別段、苛立ちを感じることもなかったから、心を震わすほどの挑発でもなかったのだが。

「繋ぎであった久太郎を殺され、伊賀者の企みも見極められず、いったい御主はなにをしておるのじゃ」

「某が命じられたのは、堀殿の警護でも伊賀者の捕縛でもございませぬ」

「家康の企みを暴くよう命じたではないか」

「それはあくまで、本来の命を遂行しつつという話であったはず」

「そこまで言うのなら、その本来の命については進展があるのだな」

「は」

大きくうなずくと、秀吉の猜疑に満ちた瞳がかっと見開かれた。

誤魔化しや追従でお茶を濁すなよ……。

無言の圧力がそう言っている。

望むところだ。

対馬守は胸を張り、怒りで顔を真っ赤に染める老いた猿に言上する。

「先の小田原衆筆頭、松田憲秀が長子、笠原政晴を籠絡《ろうらく》いたし申した」

「ほう……」

目を細め、秀吉が小さな声を吐いた。その程度のことで許されると思うなよと、先を促すように対馬守を見る関白の目が語っている。

動じず続けた。

「笠原は当初、関白殿下に降る条件として、父、松田憲秀の死を求めて参りました」

「仲が悪かったか」

「というより、必ずや父は勘付くと笠原は申しておりました」

「肝の小さき男よ」

吐き捨てるように言った猿を無視して、対馬守は続ける。

「先代への忠義に篤い父に知れれば、謀反は未然に防がれ、己は殺されてしまうと笠原は恐れており申した。それ故、事が露見いたす前に、父を殺してくれと。殺してくれさえすれば、かならずや関白様の御力になると」

「それで、殺したか」

「いいえ。風魔に防がれてしまいました」

「ふん」

やはり無能ではないか……。

鼻で笑った秀吉の面に張り付いた悪辣な笑みがそう言っている。

「風魔の武は本物にござる」

「この期《ご》に及んで言い訳か」

「我と敵の力を情を介さず見極めねば、忍働きはできませぬ。風魔は我等よりも武においても勝っておりまする。刃を交える相手ではござりませぬ」

三ツ者が武技の修練を怠っているわけではない。そもそもの考え方が違うのだ。それは、棟梁の違いである。

「風魔小太郎……。争いを好む男でありまする」

「御主は争いを好まぬか」

「忍は闇に潜み、務めを全うする者にござる。敵と相対し刃を交えるということは務めが半ば失敗しておるということ」

誰にも知れぬことこそ、忍の本義であると対馬守は信じている。

「松田憲秀を闇討ちにせんとし、風魔に阻まれたは、我が方の不手際にござりまする」

「勝てぬか風魔には」

「武技においては」

素直に認める……。

つもりはない。

「風魔が刃を振るうておる間に、我等は北条を裡から腐らせまする。それが、某が関白殿下より下された命にござりまする故」

「できるか」

「やりまする」

下された命を遂行することができねば、忍など存在する意味がない。下された命を遂行できるかと問われて即答できぬのであれば、それはもはや忍ではない。

「松田を仕留めることはできなんだのであろう」

「殺すことは諦め申した」

「笠原を抱えただけで、北条を腐らせることができるのか」

「関白殿下の仰せの通りにいたす所存にござる」

「なんじゃ、それは」

「笠原の弟にもすでに手を伸ばしておりまする」

「たしか、松田家の家督を継いだのはその弟であったな」

「左様」

すでに憲秀は先代である。家督は笠原政晴の弟が継いでいる。

「松田直秀に接触いたし申した」

「其奴《そやつ》も飼い慣らすか」

「いいえ」

対馬守は首を横に振る。

「こちらに差し向けた我が手下は、かねてより直秀に仕えておった者にございます」

「かねてよりじゃと」

「はい。北条は真田にとって、敵でもあり味方でもある故に……」

秀吉が、少しずつ対馬守の語りに引き込まれはじめていた。己でも気付かぬうちに、前のめりになって対馬守の方へと顎を突き出している。

いま秀吉の目に、愁は入っていない。

無類の女好きである関白だが、人を陥れる策謀を前にすると、その目に女は入らないようである。

この男は人を陥れ、蹴落とすことがなによりも好きなのだろう。陥れ、蹴落とし、ここまでのし上がったのだ。

「流れの伊賀者と名乗り、かねてより仕えておる我が手下の口から、己が父と兄が謀反を密かに企てておることを直秀は知らされ申した」

「父じゃと」

「左様」

まだまだ対馬守の話は終わらない。

「殺すことを諦めた憲秀を懐柔いたすことにし申した。このことについては、まずは笠原政晴に話をいたし、承服を取り付けてから行い申した」

「風魔はどうした」

「殺気を放つ者に対しては無類の勘働きを見せ、刃を向けまするが、闇に乗じ屋敷の奥へと忍ぶことまでは防げませぬ。第一、城内に籠るすべての家臣に目を光らせるほど、風魔も数がおらぬはず。憲秀を救った忍は、憲秀を警護しておったのではなかったようなのです」

「憲秀を落とすか」

「すでに接触しておりまする。揺れておりまするが、そのうち……」

「どれだけでも良き条件を出してやれ」

「それは」

「儂に付けば一国。いや、望みの所領を与えてやると申せ」

「良いのですか」

「くれてやるつもりはないがな」

言って秀吉は声を上げて笑った。

この男は心底から人を陥れることが楽しくて仕方が無いのだろう。さっきまでの不機嫌など忘れたように、対馬守の話を嬉々《きき》として聞いている。

「憲秀と政晴。いずれにも我が手の者がすでに接触しておりまする。政晴はすでに完全に同心いたしており、父も我が手の者の到来を拒んではおらぬとのこと。どうやら、憲秀めは、先代には抗戦せよと進言しておきながら、本心ではもはや戦うつもりはなかった様子」

「息子にも伝えろ。父とともに儂に仕えれば、父と子いずれにも満足するだけの所領を与えようとな」

言って秀吉がまた大きく身を乗り出す。

「問題は弟の方じゃな」

うれしそうに頬を緩め、白い顎髭をこすりながら秀吉が己が考えを言葉にする。

「己は正義を為しておると思わせておかねばならぬぞ。父と兄の不忠を糾《ただ》すことこそが、己が正義であると信じ込ませるのじゃ」

「そのようにいたしておるつもりにござります」

「良いか、父と兄の不忠は評定の席上で暴露させるのじゃ。北条家の馬鹿親子と、それに従う愚かな家臣どもに、肉親の相克《そうこく》を見せつけるのじゃ。良いではないか対馬じゃ。腐った汁が家臣共の隅々にまで飛び散れば、北条は裡から腐ってゆくわ。ほほほほほほ」

老いた猿が口をすぼめて笑う。こんな笑い顔を対馬守ははじめて見た。どうやらこの笑みこそが、本来の秀吉の笑顔なのだろう。

「半蔵のことも忘れるなよ」

「重々承知しておりまする」

「腐らせる前に、家康の企みで北条親子が降るなど絶対に許せぬ。そんな面白うない終わりは、なにがあっても認める訳にはゆかぬ。半蔵がなにを企んでおるのかを突き留め、それを阻むのじゃ。わかったな」

「は」

「久太郎が死んだ故、これより先は愁を儂の元に送れ。わかったな」

「承知仕りました」

深々と頭を下げる。

「今宵《こよい》は泊まれるのであろう」

「いや、某はすぐにでも……」

「御主ではないわ」

眉根に皺を寄せ、関白が対馬守の背後に目をやった。

「泊まれるのであろう」

「それは……」

愁が主を気にする。

「ならば某はひと足先に城内へと戻りまする」

「励めよ対馬守」

「は」

愁を残し、対馬守は城へと戻った。

十二

隠居とは名ばかりであることを、服部半蔵は改めて痛感していた。

小田原城の中枢、八幡山《はちまんやま》に築かれた主郭の裡にある氏政の隠居所を、塀の上から遠巻きに眺めている。夜通し焚かれ続けている篝火の炎を避け、闇が濃い塀の屋根に身を潜めているのだが、警護の兵がしきりに周囲を行き来するので、長居はできそうにない。

　ここまで来る間も、気が抜けなかった。

　主郭の周囲は深い空堀で外と区切られており、それを越えると、壁と見まごうばかりの八幡山の斜面を利用した崖が行く手を塞いでいる。崖を昇りきったら、今度は塀だ。昇りきるまで気を抜くことはできない。

　一刻ほどの時をかけ、半蔵は人目を避けながらじっくりと昇りきった。

屋根にへばりついている今も、半蔵は指先にかるい痺れを感じている。じきに治まるはずなのだが、どれだけ修練を積んでみても、肉体の消耗は消えることはない。塩舐め指の先が、わずかな溝に入りさえすれば、半蔵はみずからの重さを支えることができる。いつまでもという訳ではないが、指一本でぶら下がったまま、しばらくの間は耐えることができた。

　足も同様だ。

　常人ならば掛けることすらままならぬ、わずかな出っ張りにでも、半蔵の足先は吸い付くように食いついて離れない。

　壁のように切り立った崖であろうとも、わずかなへこみと出っ張りさえあれば、昇ることは難しくはない。たとえ崖下より頂が迫《せ》り出しているような場所であっても、ぶら下がるようにして昇ってゆける。

それでも指の消耗だけはどうすることもできない。

昇っている時は気が張っているから、疲れも痛みも痺れも感じないのだが、こうして昇り終えてひと息吐くと、途端に体じゅうが悲鳴を上げる。しかし、その悲鳴に音を上げるような真似はしない。どれほど体が痛もうと、弱音を吐くことはなかった。

じきに治る。

そう思えば、堪えられぬ痛みなどそうは無い。堪えられぬような痛みを感じているのなら、それは治らぬものだ。つまりは、死ぬ時の痛みである。そんな痛みならば、生きるのを諦めるだけ。生きるのを諦めたら、後は死ぬだけだ。その痛みを越えたらすぐに痛みはなくなる。そして人は死ぬのだ。だから結局、堪えられぬ痛みなどこの世にないのだ。

板葺《いたぶ》きの屋根に身を潜めながら、目から上だけを屋根の頂から出す。

主郭の最奥に位置する本丸のすぐそば。塀を一枚隔てた二の丸に類するであろう箇所に、目的の屋敷は位置していた。

いま、半蔵が見ている屋敷には、先代当主が眠っている。

氏政……。

半蔵は息を吞む。

隠居所の周囲は、まるで昼かと見まごうばかりの明るさである。篝火の煙が濛々《もうもう》と立ち上がり、夜空に吸い込まれてゆく。その明かりは、本丸よりも何倍も多い。

これほどの明かりに照らされていて、心安らかに眠れるものなのか。炎の明かりが目に付いて仕方ないし、篝火がぱちぱちと爆《は》ぜる音も耳障《みみざわ》りであろう。

派手な明かりのなかを、甲冑姿の侍たちがしきりに行き来している。百人は下らない。

あれだけの監視の目を逃れ、屋敷に忍び込み、氏政を拉致《らち》する。

果たして本当にそんなことが可能なのだろうか。

請け負ったことを少しだけ後悔しながら、それでも半蔵は策を練る。

百人もの敵をあざむき、屋敷に入るだけでも至難の業《わざ》だ。その上、監視は侍だけに限らない。

風魔だ。

狂暴な忍たちに見つかれば、問答無用その場で斬り合いとなるだろう。こうしている間にも、風魔の目を警戒しておかなければならない。奴等は塀の下を歩いて見回るなどという常人のような動きはしてくれないのだ。

指の痺れなどに気を揉《も》んでいるような余裕などない。四方に気を張り、気配を手繰る。些細な物音、匂い、風の流れの変化など、小さな手掛かりを見逃せば、たちまちあの世行きである。それだけ危険な場所に、半蔵は踏み込んでいるのだ。

この厳重な警護を見ていると、いまさらながらに北条家の真の当主が氏政であることを実感してしまう。

氏直を担ぎ、氏政を排除することなど、本当に可能なのだろうか。

拉致して連れ去り、謀反人として氏政を糾弾するというのが、氏直に提案した策である。氏政がいなくなれば、北条家の家臣たちも本来の当主である氏直を主と仰ぐしかなくなる。そう思っての拉致という策であったのだが、ここまで丁重に扱われているることからも、家臣たちの氏政への忠節は本物であろう。拉致して、謀反人だと声高に叫んだところで、家臣たちは納得するであろうか。

下手をすれば、氏直を先代に対する謀反人として、家臣どもが糾弾しはしないかと不安になってくる。

それでも……。

主の命を全うするためには、なんとしても氏政を徳川の陣中へと連れてゆかねばならないのだ。

奴等の気を逸らす……。

篝火の下の男たちを睨みながら、半蔵は考えをめぐらす。

火薬を使い、廓内《くるわ》に火を起こしてはどうか。爆発とともに炎が上がれば、警護の者たちは消火のために現場に赴くはず。隠居所の警護は手薄になる。

拉致するための人員はどうする……。

氏政一人を連れ去るにしても、半蔵を含め少なくとも三人は必要になるだろう。抵抗する氏政の手足を縛り、口に猿轡を嚙ませ、城から脱出しなければならぬのだ。侍たちだけではなく、風魔の目も逃れて。

よほどの手練《てだ》れを用意しなければ、事を成し遂げることなどできはしない。

「搦手《からめて》から行くか……」

正面からむかうのは、どうやっても無理な気がした。

一人……。

三人でも多い。どれだけ心を通わせた同朋であったとしても、不測の事態が起こる。やはり、一人ですべてを行うしかない。

遠くの方で板葺きの屋根が乾いた音を発した。

木の枝でも落ちたのか。

だが。

楽観は身の破滅を招く。

半蔵は眼下に広がる光景を脳裏に焼き付け、音もなく屋根から飛んだ。肩、背、腰、尻、太腿と、地に当たる場所を素早く変え、斜面に激突する衝撃を最小に留め、そのまま転がるようにして切り立った斜面を転がってゆく。空堀の底まで一気に辿り着いた半蔵は、手足を縮めたまましばらくの間、身動きせずに冷たい土の上にうずくまる。

気配、そして物音。

間近に迫る危機の有無を、生者としてのみずからの動きの一切を極限まで切り詰めながら、確かめる。

遠くで聞こえる篝火の爆《は》ぜる音に、男たちの気の抜けた笑い声が混じっていた。隠居所を警護している男たちである。足音はしない。匂うのは身を潜めた空堀の土の香りだけ。獣の気配すら感じなかった。

異変はない。

確信とともに、ゆるりと四肢を伸ばし、獣のごとく手足で土に触れ、のそりのそりと空堀を昇ってゆく。指が草に触れ、空堀から脱したことを知ると、腕に力を込めて全身を穴の縁から引き出して、往来に立つ。

主郭を脱したとはいえ、そこは重臣たちの屋敷が建ち並ぶ城の中枢である。風魔などの警戒も濃いはずだ。

月の無い夜を選んだ。月明りはない。漆黒《しっこく》の衣に身を包んだ半蔵は、物陰に隠れてしまえば完全に人の目から消失してしまう。

気配を押し殺しながら、静かに、だが足早に往来を歩む。町家が立ち並ぶ区画まで行けば、塒《ねぐら》としている社《やしろ》へ行って、墨染の衣を着替え、眠りに付くだけ。潜入するための策は、明日考えれば良い。

そう思うと、自然と足が速くなる。

主郭を照らす火の明かりから一転して、往来の脇に立ち並ぶ家々に光はない。重臣たちの屋敷である。寝ずの番をしている者たちはいるのだろうが、篝火を焚いて警護をしているような家はなかった。いくら総構えの城とはいえ、籠城中である。薪《たきぎ》であろうと迂闊《うかつ》に使うことはできないのだろう。

闇に潜む半蔵には都合が良い。

足早に往来を進んで行く。

丑《うし》三つ時はとっくに過ぎている。寝静まった街を行く者などひとりもいない。

気を抜いていた訳ではなかった。

しかし、半蔵は間近に迫るまで、翁《おきな》の存在に気付かなかった。

「ん」

忘我のうちに声が出てしまっていた。

手を伸ばせば届くほどのところに、腰の曲がった翁が立っている。嫗《おうな》ではなく翁であると即座に断じられたのは、男が髷《まげ》を結っていたからである。真っ白な髪が、月明りのない闇のなかにぼんやりと浮かんでいた。

こちらを見ている。

笑ったまま。

両手を腰の後ろに回し、背中を丸めた翁が、顔を半蔵のほうへと突き出すようにして、笑っていた。

こんな刻限に翁が一人で出歩いているなど、奇妙な光景である。平穏な町であっても奇妙な光景なのだが、いま二人が相対しているのは、籠城中の城の中なのだ。翁は鎧など着けてはいない。民が着けるような粗末な筒袖《つつそで》に括袴《くくりばかま》といういでたちである。

「何をしておる」

おもむろに半蔵は問うた。

「歩いておりまする」

翁は笑みを微塵も崩さず、平然と答えた。

解《げ》せない……。

真夜中、単身歩く翁を見て半蔵は大層怪しいと思った。いまでも警戒を解いたわけではない。

翁はどうか。

真夜中、道を歩いていたら夜に紛れるような墨染めの衣に身を包んだ男が前から歩いてきたのだ。怪しいと思うだろう。いや、抗う力のない翁なのだ。身の危険を感じて体を強張《こわば》らせるはずだ。

それがどうだ。

目の前の翁は柔和《にゅうわ》な笑みを満面にたたえながら、半蔵をにこやかに眺めている。そのうえ、なにをしておると問われ、歩いていると平然と答えた。

背中側の帯に差している小刀の柄《つか》に手を回し、半蔵は腰を少しだけ落とし、身構えながら翁を見据える。剣呑な気を発した半蔵に、翁はまったく動じない。相変わらず腰の後ろに両手をやったまま、背を丸め、身構える半蔵を笑みのまま眺めている。

「並みの者ではあるまい」

「はて」

半蔵の問いに、翁がかくりと首を傾《かし》げた。

「とぼけるな。御主、どこの忍ぞ」

「なにを仰せになられておるのか……」

つぶやき、翁が笑う。

「身共《みども》は、そこにある佐々浦《ささうら》家の家人《けにん》にござりまする。いやいや、十年ほど前まで家人をしておったのですがな、仕事はもう息子に譲っておるのです。隠居の身でございます。ですが、御当主様が本当に仏様のような御方でございましてなぁ。隠居した私めも、屋敷に住まわせていただいておるのですよ」

語りながらも翁の顔には笑みが貼りついている。

「身共は今年で八十になりましてなぁ。この年になると足腰が弱りますで、夜も寝られんで、この刻限になると目が覚めてしまいまする。それ故、こうして歩いて足腰が弱らんようにしておるのですよ」

言って翁が朗らかな笑い声で夜気を震わせた。

「ならば去《い》ね」

柄に触れたまま、半蔵は告げる。

「今宵、御主はなにも見なかった。良いな」

「なにを仰せになられておるのか身共にはさっぱり……」

「なんでも良い。なにも考えず、ここを去れ。そして忘れろ」

「忘れろなどと申されずとも、身共はすぐに忘れてしまうのですよ。昨日の夕餉《ゆうげ》になにを食べたのかすら……。いやいや、夕餉を食べたことすら忘れてしまうのですから。ほほほほほほ」

「良いからさっさと去ね」

「はいはい」

言いながら翁が短い右足をひょこりと前に進めた。

「あぁ……」

一歩踏み出して、翁が立ち止まる。

半蔵は柄に手を添えたまま、警戒は解かない。

「そうじゃ、そうじゃ」

丸い頭を何度も上下させながら、翁が笑う。

「さっさと行かぬと斬るぞ」

「斬られるわけには参りませぬなぁ」

「何者だ」

改めて問う。

翁は何度も何度もうなずいている。その様はまるで壊れた人形のようであった。

「なにをしておる」

風魔か……。

半蔵の心に疑念が宿る。

こちらを油断させておいて、斬るつもりなのか。

いっそう腰を深く落とし、いつでも小刀を抜ける態勢になる。

「そうじゃ、そうじゃ」

翁が繰り返す。

「止めろ」

止めない。

行くか……。

半蔵は総身に殺気を宿す。

「止めておきなされ」

翁が言った。笑みを浮かべ、腰の後ろに両手を回したままだというのに、半蔵は老人の言葉の圧に不意に身を硬くする。

ただの翁でないことは間違いない。

やはり風魔か。

ならば、いまから始まるのは、いずれかが死ぬまで終わらない戦いである。

右足のつま先で乾いた土を削るようにして、じわりと間合いを詰めた。

「儂はまだ死にたくはないでな。そんな物騒な物に手をかけるのは御止めなされ」

笑みのまま翁が語る。

「どうするつもりだ」

翁を注視し、ゆっくり間合いを削りながら、半蔵は問う。まだ、飛んでも翁に刃は届かない。

「なにをするつもりもござらぬよ」

「ならば何故、行く手を塞ぐ」

「塞いでおるつもりはないのだがな」

鵜《う》呑《の》みにして横を過ぎるつもりはない。

「塞いでおるつもりがないのならば、背をむけて早々に立ち去れ」

「それもできぬでな。ほほほほ」

「いったい……」

伸ばしきった右足を追うように、今度は左のつま先で土を撫でながら間合いを詰める。

翁はまったく微動だにしない。顔を緩ませたまま、半蔵と対峙している。

「御主は何者だ」

とぼけたままの翁にむかって問いを投げる。本当の答えなど返ってくるはずもないと覚悟していた。

だが。

翁の目がかっと見開かれ、笑みが消えた。

「同じ穴の貉《むじな》よ」

先刻までの枯れた声ではなかった。壮年の覇気みなぎる声が、翁の引き締まった唇から発せられる。声が刃になったかのごとくに、半蔵は虚を衝かれて、刹那の間、身を強張らせた。そんな瞬《まばた》きにも満たない須臾《しゅゆ》の空白のうちに、翁が半蔵の視界から忽然と姿を消していた。

探すような余裕はなかった。

眼前から消えた老人を探すべく顔を回そうと半蔵が思った矢先、首筋に冷たい物が当たった感覚があり、すぐに動きを止めた。

背後にいる……。

半蔵の首筋に刃を当てながら。

「なにもするつもりはないと申したのに」

頭の後ろから先刻の壮年の声が聞こえる。目の前に立っていた翁は、半蔵の鳩尾《みぞおち》ほどまでしか背丈がなかった。だが、いま半蔵の首筋に刃を当てている男の声は、己と背丈の変わらぬところから発せられている。

「振り返るな」

わずかな首の動きを悟《さと》ったように、背後の声が半蔵を制する。

「はじめに申しておくが、儂は風魔ではない」

壮年の声は言った。

「だったら……」

「そう急《せ》くな」

刃が首にぐいと押し付けられる。どれだけ押されても刃は引かなければ切れない。首を動かしさえしなければ、どうということはない。

「儂は故あって、関白殿下に与しておる」

「忍か」

発してから、あまりにも愚かな問いであったと、半蔵は後悔した。目の前に立って発していた翁が、いま背後で首に刃を当てている壮年の男であるのは間違いない。翁に扮し
半蔵をここまで翻弄《ほんろう》しながら、いまなお余裕を絶やさない男が、忍でないわけがな
い。

「甲賀者か、それとも毛利の世鬼一族あたりか……」

「そのような詮索は無駄よ。儂の素性は御主にはなんの関係もない」

「某が何者かを知った上でのことか」

「服部半蔵」

簡潔に答えた壮年の声は、小さく笑った。

「其方が氏政の隠居所から出て来るのを見ておった」

そんなところから見られていたのか……。

食い縛った歯から鈍い音が零《こぼ》れ落ちる。

「家康はなにを企んでおる」

「それが御主の知りたいこと……。いや、秀吉の知りたいことか」

「答えるのか答えぬのか」

「答えぬと言ったら、どうする」

「ふふ」

刃がわずかに揺れる。

痒《かゆ》みが喉を襲う。斬られた。が、血の道を断たれるような傷ではない。皮一枚。いや、皮すらも断たれてはいない。

「斬るか」

「恐ろしいか服部半蔵ともあろう男が」

「笑わせるな」

死など恐ろしくはない。己の代わりなどいくらでもいる。半蔵が死んだら、他の者が半蔵となる。そうして、伊賀の棟梁、服部半蔵は家康と共にあり続けるのだ。

刃がいっそう強く喉に押し付けられる。

「家康がなにを企んでおろうと、関白殿下は決して北条を許しはせぬ。下手《へた》なことはするな」

「そう主に伝えよと申しておるのか」

「いや、なにをしても無駄なのじゃ。故に、御主たちの企みを聞かせてくれと申しておる。悪いようにはせぬ。関白殿下も家康を責めるつもりはない」

「脅しか」

「この場で殺してやっても良いのだぞ。御主が死ねば、徳川に仕える伊賀者も浮足立つことであろう。別に御主でなくても良いのだ。この城におる者のなかから適当に見繕《みつくろ》って捕え、其奴から家康の企みを聞き出せば良いだけのこと」

「はははは」

思わず笑ってしまった。

「なにが可笑しい」

壮年の男の声はまったく揺らがない。半蔵は口元をほころばせたまま、背後の忍に答える。

「儂が死んでも服部半蔵は死なぬ。それ故、伊賀者がうろたえることもない」

「ならば試してみよう」

男が刃に力を込めた。

殺気を封じたまま、半蔵はおもむろに左手を上げて、刃を握る男の手首に当てる。そのまま手首を押しながら、わずかにできた刃と首の隙間を利用して、頭ごと体をよじるようにして、右手で刃の腹を下から押す。

翻《ひるがえ》る。

左手で手首をつかみ、右手で刃を押しながら、相手の拳をねじる。指にも手首にも肘にも、動く範囲が定められている。どれだけ節々が柔らかかろうとも、動かせる範囲は決まっているのだ。その範囲を超えるほどにねじってやれば、握っている刃を奪うことは難しくはない。

身をひるがえし、男との間合いを保ちながら、奪った小刀を右手に持ち、即座に腰の裏に差している己の小刀を引き抜いて左手に持つ。どちらも逆手で構え、右手は己が額に、左手は鳩尾あたりに掲げる。

眼前の男は、やはり翁であった。しかし、先刻まで半蔵が見ていた背丈とはまったく違っている。衣と袴の丈が異様に短い。手足を縮めていたのだろう。

「まだやるか」

半蔵は問う。

これから先は殺し合いだ。風魔でなかろうと、戦いを望まれれば、半蔵も逃げる訳にはいかない。背を見せれば確実に仕留められる。ここは、どうやっても男を退かせるしかないのだ。

「いいや」

男はへらへらと笑いながら両手を夜空にむけた。

「やめておこう。得物も取られてしまったからな」

どこまで本気かわからない。調子に乗って襲い掛かって、隠している得物を使って返り討ちに遭うなどということも十分に考えられる。

「大体の見当もついた。忠告もした。これ以上は良いだろう」

男は笑う。

「ならば去ね」

「御主のほうこそ」

両刀を構え、半蔵は男に視線をむけたまま、じりじりと後方に下がってゆく。

「もう一度言う」

男が突き出した塩舐め指を半蔵へとむけた。

「御主、氏直のところに出入りしておるだろう。繋いでおるのは家康と氏直。今宵、氏政の隠居所を覗いたのは、なんのためだ。かどわかそうとでもしておるのか」

「しつこいぞ」

答える義理はない。

「まぁ、なにをしようと、骨折り損だぞ」

「某は某の務めを果たすのみ」

「御互い苦労するのぉ」

「まったくだ」

男は半蔵が闇に消えるまで笑っていた。

十三

「や、やはり間違いではないのだな……」

つぶやいた男の奇麗に剃り上げられた月代《さかやき》に血の道が浮き上がるのを、藤蔵《とうぞう》は目を伏せながらもはっきりと見ていた。

「父上までもが……」

胸中の苦悶が口から零《こぼ》れ出したかのように、声を震わせ男がつぶやく。折り目正しく座る、背筋の伸びた姿を崩すことなく、細い肩を震わせながら、男はなにかに耐えるように歯を食いしばっていた。

藤蔵の飼い主である。

名は松田直秀。北条家小田原衆筆頭、松田家の当主だ。

この男に飼われ、八年もの歳月が経とうとしている。

流れの伊賀者……。

直秀はいまも藤蔵のことをそう思っている。

伊賀者であるのは間違いない。生まれたのは伊賀だ。忍の業も物心付く頃にはすでに親から仕込まれていた。

だが。

いまの藤蔵は伊賀に暮らしてはいないし、本来伊賀者と呼ばれる伊賀の忍に与《くみ》してもいなかった。

本当の飼い主も、この男とは違う……。

「間違いないのだな藤蔵」

「間違いありませぬ。拙者がこの目で、御先代が秀吉の飼い犬と語らい合うているのを見て参りました」

間違いはない。この目で確かめた。藤蔵の同朋が憲秀と語らうところを、屋根裏から見ていたのだ。

「あり得ぬ……。いやいや、そんなことは絶対にあり得ぬ」

眼前に控える忍から目を逸らし、直秀が笑みを浮かべながらゆるりと顔を左右に振る。いま聞かされたことを、心が拒絶しているのだ。どれだけ信じようと思っても、心が拒んで目を背けようとしている。

そんなことはさせない。

藤蔵は押す。

「もはや北条に勝ち目無し。こうなれば、関白殿下の御情けにすがるしか道は無いと、御先代は申され、忍に深々と頭を下げられました」

「忍に頭を……。そんな、父がそのようなことを」

したのだ。

あの気位の高い男が。

目の前の藤蔵の同朋に頭を下げて、何卒《なにとぞ》よしなに頼むと言ったのだ。

「どうやら兄上は、秀吉の忍を使い、御先代の命を狙うたらしく、御先代はそれを心底から恐れておられました」

「兄上が父上の命を狙うただと」

事実だ。仲間から聞いている。

「兄上を責めるよりも、手を取り合い秀吉に降ることを御先代は選ばれたようにござります」

「い、命が惜しゅうなったのか……」

歯が砕けてしまいそうなほど強烈な音が、直秀の口中で鳴った。

仮初《かりそめ》の主の懊悩《おうのう》など気にも留めず、藤蔵は淡々と事実だけを述べる。

「もはや御先代の御心は変わらぬものと存じまする。兄上と同心いたし、密かに秀吉と通じ、北条を裏切る所存かと」

「あれほど評定で氏政様に抗戦を説いておきながら、裏では猿と手を繋いだと申すか……。そのような……。そのようなことが許されて良いのか」

直秀は実直な男である。忠に篤い男であった。裏切りなど以ての外。それが、今にも滅びんとする主家ならば猶更《なおさら》のことだ。この男が北条を裏切ることはないだろう。裏切るくらいなら喜んで腹を切る。そのくらいのことは平然とやってのけるほど、直秀という男は愚直なまでに侍であった。

そんな直秀にとって、いまにも沈みそうな北条という名の船から別の船に飛び移ろうとしているような侍は唾棄《だき》すべき存在なのである。そんな唾棄すべき侍が、よもやみずからの父と兄であるなど、この潔癖な男に耐えられるはずがない。

どこまで主は考えていたのか……。

藤蔵は背筋に寒気を覚える。

八年前、信長の死によって突然沸き起こった危機を乗り越えるため、真田家は上杉と手を組み、北条と戦った。その後、北条と和睦した際に、藤蔵は小田原に行くように命じられたのだ。

それが八年前のことである。

身分を偽り伊賀者として北条家の家臣に仕え、小田原の内情を報せるように……。

本来、藤蔵が与えられた役目はそれだった。以降八年、藤蔵は愚直に小田原城の裡で起こることを主に報せ続けた。

その役目を果たすために藤蔵が目を付けたのが、直秀である。

八年前、藤蔵が小田原に来たころには、まだ直秀は松田家の嫡男という立場であった。兄はすでに笠原家に養子として入っており、弟の直秀がゆくゆくは松田家の当主となることは定められていた。

その頃の直秀は、まだ己の家臣を持つような立場ではなかった。

藤蔵は父の憲秀ではなく、直秀に目を付け、屋敷の下人として潜り込んだ。主とは違い、家の者とも近い嫡男という立場、その上、下々にも気さくで実直な気質もあり、藤蔵は下人でありながら、少しずつ直秀との間合いを詰めていった。

ゆくゆくは松田家の当主にならねばならぬが、自信がない……。

そんな弱音を藤蔵の前で吐くほどに直秀が気を許したのを見極め、実は己が伊賀の出であり、忍の業にも長けていると打ち明けた。家臣もなく、心安き者もいなかった直秀は、忍と名乗った藤蔵を羨望のまなざしで見つめたのである。当主になり、狐狸畜生のごとき妖物どもが跋扈する北条家に飛び込んでゆくことを恐れる若者は、時に妖物どもを手玉に取り、戦国の世を己が力だけで渡り歩く忍という存在に、胸を弾ませたのだ。

これからも私の力になってくれ……。

憧れにも似た眼差しを藤蔵にむけながら直秀が深々と頭を下げた時のことを、いまでもはっきりと覚えている。その日、藤蔵は真の主に対し文を書いた。うまく潜り込めたと。

出浦対馬守。

藤蔵の本当の飼い主である。

いま主は、真田の陣から離れ小田原にて秀吉の命を受けていた。その命により、藤蔵は新たな役目を仰せつかったのである。

松田家を内側から喰い破れ。

それがなにを意味するのか、藤蔵は理解していない。手足がする必要のないことなのだ。与えられた役目を淡々とこなすことこそが、忍の務め。松田家を内側から喰い破れと命じられたのなら、無心で遂行するのみである。

「兄ははじめから父上を取り込もうとしておったのであろうか」

「わかりませぬ」

本当は知っている。

直秀の兄、笠原政晴は、対馬守が遣わした忍に、父の抹殺《まっさつ》を命じた。強硬に籠城を主張する憲秀が、秀吉に降ることはないと断じた政晴は、みずからの父を殺すことで、城内の籠城に賛成する者たちに恐怖を与えようとしたのだ。籠城を主張する急先鋒であった憲秀が無残な骸になることで、城内の士気を下げる。そうしてみずからは秀吉に通じ、密かに門を開いて敵を城内に引き入れようとした。

だが、風魔によって襲撃は阻止されてしまった。

阻止されはしたが、憲秀に恐怖を与えたことは僥倖《ぎょうこう》であったといえる。城内に潜伏する同朋と藤蔵は接触し、憲秀を懐柔できぬかと策を練った。

同朋の説得により政晴も父の懐柔を承諾し、みずから接触を試みた。みずからが差し向けた忍による襲撃であることは伏せたまま。もはや城内は敵の忍が跋扈し、いつ何時、誰が裏切るやもしれぬ状況である。二番手三番手となっても、秀吉の覚えは目出度《めでた》いものになりはしない。小田原衆筆頭である松田家の先代と、名家の笠原家を継いだその長子がそろって内通することで、北条が敗れた後も両家は豊臣家の元で安泰であるとの説得を受け、憲秀は息子の提案を受け入れたのだった。

成り行きである。政晴は父を殺すつもりだったのだ。

だが、兄の邪悪な企みを、この愚直な弟に語るつもりは藤蔵にはなかった。

「父上もかねてから敵と内通する道を模索しておられたのやもしれませぬ。そこに、兄上が手を差し伸べたのやも……」

父と兄のどちらにも、敵との内通を画していたと思わせたほうが、この男の怒りの炎は激しく燃える。

「如何にせん……」

握った拳から肉がきしむ音がする。

「御止めになられまするか」

「誰を」

問う直秀の目が紅く染まっていた。高潔な精神に宿った怒りが、邪《よこしま》な情念となって松田家の若き当主の体を震わせる。

「御二人を」

「思い直せと言うて止まるか」

「やってみねば、わかりませぬ」

「其方が行ってくれるのか」

「いえ」

首を左右に振ってきっぱりと断る。

「直秀様直々に、父上と兄上を説得なされるのが筋でございましょう。御二人と面と向かって語らい、北条家への忠義を思い出してもらうのです」

「やれるか……儂に……。いや、聞いてくれるのかあの二人が儂の言葉を……」

はじめから藤蔵にはわかっていた。

二人と相対して堂々と折衝できるような肝っ玉が、この男にないことを。直秀は、父の押しの強さを恐れている。兄の傲慢《ごうまん》なまでの強引な気性に気後れしている。

己などが松田家の当主となってよいものか……。

若き頃からの直秀の自信を持てぬ気性は、生来の優しさと、己より先に生まれたこの二人の男に対する恐れによって形作られていた。

「儂にはできぬ」

頰を震わせながら若き当主がつぶやいた。

「ならば、御先代に裁いていただいては如何でしょう」

「御先代……」

「左様」

藤蔵は対馬守の目論見を、みずからの言葉として直秀の耳に注ぎ込んだ。

*

柔らかな揺れを感じながら、半蔵は息を潜めている。

闇だ。

四方を闇に包まれている。目を閉じ、なるたけ息をせぬように努めていると、己の体が闇に溶けだしてゆくような心地になってゆく。このままじっとしていると、そのうち己は闇に溶け、現世から消失してしまうのではないかという妙な錯覚を覚える。先刻から絶えることなく感じる揺れだけが、闇に揺蕩《たゆた》う半蔵の存在を現世に繋ぎ止めていた。

行李《こうり》の裡に潜んでいる。

仕掛けが施された底の下に、半蔵は体を縮めて隠れていた。息を潜めているのは、己が存在に気付かれないためである。行李の両端に取り付けられた金具に通された棒を、前後から男たちが抱えていた。力自慢の男たちに抱えられた行李は、ゆっくりと目的の場所にむかっている。

贈物だ。

氏直から父である氏政への。いや、氏政の夜伽を務める女たちに対しての、気遣いの品々であった。選りすぐりの打掛が何枚も折り重なるその下に、半蔵は気配を押し殺し潜んでいる。

松明を掲げた足軽の先導により、息子から父へと贈られる品々が進んでゆく。女たちへの衣だけではない。武具、鷹や馬など、氏政が喜びそうな品々が列の大半を占めている。

籠城の無聊《ぶりょう》を慰めるという名目で、本丸屋敷から隠居所へと贈られた物だ。

半蔵の求めに応じ、氏直が大急ぎで支度した。本丸や蔵のなかに、当主の持ち物として蔵されている物ばかりを選んだ。

父上から御譲りいただいた物を御返しするだけ……。

氏直はそう言って、父にへりくだり、今回の贈答の列を作った。

半蔵を隠居所に潜り込ませるためだけに。

「止まられぇい」

前方から聞こえた男の声とともに、行李の揺れがおさまる。行列が止められたのだということは、即座に理解できた。

「慣例でござる故、改めさせていただきまする」

先刻の男が列にむかって語る。

贈答品に対する改めが行われているようだった。人の気配がゆっくりと行李に近づいてくる。

「これは」

「隠居所におられる女房衆への贈り物にございます」

行李の前で話す声がする。

がたりと蓋《ふた》が開く音がした。

「うむ」

上方から男の声が聞こえた。

半蔵は息を止める。

底の下に設《しつら》えられた隠し部屋に潜んでいるから、悟られる心配はない。が、気配を勘付かれて妙な詮索をされてしまうことは避けたほうがよい。みずからを石塊《いしくれ》であると念じ、半蔵は目を閉じ、息を止めたまま、蓋が閉じるのを待つ。

衣擦《きぬず》れの音がする。何枚か打掛が持ち出されたようであった。底を見られれば、異変を気取られるやもしれぬ。普通の行李よりも、細工がされているため、底が浅い。敵国からの贈物ではないから槍を突き入れられるようなことはないだろうが、執拗な詮索だけはさすがに避けることができない。

「うむ」

衣擦れの音が聞こえた後、蓋が閉まる音がした。

なんとか難は逃れたようである。

閉じた唇からすこしずつ吐きだしながら、音を立てずに息をする。

「御通りなされよ」

行く手のほうで木が軋む音が鳴る。門が開いたのだ。

ふたたび揺れはじめた。

行李が隠居所へとむかって進んでゆく。

目を閉じ、半蔵は揺れが収まるのを待った。

十四

「ぐぅ……」

半蔵の腕のなかで、若き侍がみじかい呻きとともに力を失った。

灯火すらない夜の廊下で、唐紙をはさむようにして座している二人の侍が、額を床に付けたままうなだれている。すでに二人の魂はこの世にはない。背後から忍び寄った半蔵により、首に走る血の道をふさがれ、異変すら感じる間もなく、眠った。瞬きをするほどの刹那のあいだに二人を眠らせた半蔵は、腰をかがめたまま、唐紙の前に控え、中の気配を探る。

無事に隠居所へと忍び入ることができた。

揺れが収まった行李のなかで、四刻《とき》あまりも時を過ごし、屋敷が寝静まったのを見計らってから這い出した。

屋敷の外ではしきりに篝火が焚かれている。以前、外から様子を見たように、屋敷の外は侍たちによって厳重に警護されていた。開け放たれたままの格子戸から漏れる篝火の明かりが廊下にも差し込んでいるが、屋敷の奥深くに位置する氏政の寝所には、その明かりも届いては来なかった。

唐紙のむこうに人を感じる。が、動いているような気配はなかった。寝ている。

指先を唐紙の境に当て、かすかに力を込めた。

鼻から静かに息を吐き、それに合わせてゆっくりと開いてゆく。

闇だ。

寝息だけが聞こえる。

人がひとり通り抜けられるだけの隙間を作ると、腰をかがめたままの姿勢で、爪先だけを床に突きながら、すみやかに敷居をまたいだ。そのまま音もなく反転し、唐紙に正対すると、開いた時と同様にゆっくりと閉じてゆく。

唐紙を閉じ終えると、室内へと体をむける。

呑気に構えている暇はない。

廊下の侍たちは交代したばかりだから、一刻あまりは気付かれないが、油断はできない。不測の事態は起こり得るのだ。速《すみ》やかに目的を果たすことのみを考えなければならない。

速やかに……。

できるのだろうか。

闇のなかで半蔵は音もなく喉を上下させた。

なんとか隠居所に潜り込むことはできた。目と鼻の先で聞こえる寝息は氏政のものである。

殺すのならば問題はない。

一気に間合いを詰めて、膝を押し付け喉の骨を潰すだけで良い。

が……。

事はそれほど単純ではなかった。

連れ去るのだ。この隠居所から。誰にも気付かれずに氏政だけを。

明日、厠《かわや》の肥《こえ》が運ばれることになっている。すでに半蔵は回収に来る百姓たちをみずからの手下とすり替わらせていた。明日の朝、厠へと百姓が持ってくる肥桶《こえおけ》のなかに潜み、氏政ともども隠居所を出る手筈となっていた。

それまでは氏政を捕え、先の行李のなかに潜んでいるつもりだった。廊下の男たちが目覚め異変を感じたら、室内に伺いを立てるだろう。その時までは室内に留まり、氏政を脅して異状ないと言わせる必要があった。その後に行李に行き、身を潜める。朝になり、百姓に化けた同朋たちと接触して、氏政とともに桶に入って城から抜け出す。

賭けには違いなかった。

もしかしたら、肥桶を持った手下たちが屋敷に通されないかもしれない。手下が来なければ、次の夜、なんとしてでも氏政を抱え、敷地から出るしかなかった。

もともと、不可能な務めなのである。この程度の危険な賭けに勝たなければ、成し得ぬことをやろうとしているのだ。恐れていては、はじまらない。

意を決し、半蔵は闇のなかに歩を進める。行く末から聞こえる寝息だけが、獲物への標だった。

「つ……」

墨染めの布で覆った眉間に、半蔵は皺を刻んだ。

寝息がひとつではなかった。

女だ。

伽《とぎ》をした女と氏政はともに眠っているようである。

今更止まるわけにはいかない。

半蔵は爪先立ちのまま、ふたつの寝息へと忍び寄ってゆく。

床の軋みに気を配り、指先で板の継ぎ目を探りながら、境目を辿るようにして歩を進める。継ぎ目に通された根太を踏むことで、板が音を立てるのを防ぐ。

寝息が近づいてくる。

手を伸ばせば届くところまで近づいた。

音もなく腕を寝息のほうへと掲げると、畳に触れた。褥《しとね》はその上に敷かれている。

音もなく進む。

褥を求め、毒蛇のごとくに畳に腕を這わせる。

なめらかな絹に指先が触れた。衣を掻き分け、肌に行き当たる。冷たさがきめの細やかな皮の奥から伝わって来た。

女だ。

衣から手を抜き、畳の上に上り、いま触れた肌の持ち主の枕元へと体をむける。闇のなかにうすぼんやりと浮かぶ丸い頬を見つめながら、半蔵は細い首へ静かに手を伸ばした。

「ぐ……」

か細い声を短く吐いた女の寝息が止まるのを確かめてから、腰帯の背に差した小刀を素早く引き抜く。

馬乗りになる。

「うぅん」

男が唸る。

股の下に、男の肥えた腹を感じながら、半蔵は丹田《たんでん》に置いた体の重さを、一気に落とす。

一瞬、息が止まった氏政が、かっと目を開いた。

氏政は起き上がろうと試みたが、胴と腰を分断するようにして半蔵に動きを制されているため、腕を畳に突くことすらできない。

「な、何者っ……」

叫ぼうとした老人の口を、小刀を持たぬ左の掌で塞いだ。そのままゆっくりと、左手の下方で激しく上下する喉仏に、刃を当てた。

「静かに」

丹田に気を籠め、腹の底から重い声を吐く。口を塞ぐ掌に熱い呼気を感じながら、半蔵は墨染めの布に覆われた顔を脂ぎった鼻先まで近づける。

「殺したくはない。大人しく従うと約束するなら、無体なことはせぬ。どうだ、我に従うか」

口を抑えられたまま、氏政が必死に頭を上下させ、みずからの意思を伝えようとする。首に刃を当てられているのだ。誰でも命は惜しい。ここまで追い込まれ、それでも頭を左右に振った者を半蔵は知らない。

「御主をここから連れ出す。御主は我に言われた通りに動けば良い。少しでも声を発したら殺す。これから掌を離す。それから先は、いっさい声を発するな。わかったな」

何度も頭を上下させて、氏政が承服の意を示す。

この男がこれほど従順に秀吉に頭を垂れていたならば、戦など起こらなかったものをと、心につぶやき、半蔵は自嘲の笑みを浮かべる。忍である半蔵のあずかり知らぬところで、政は動いているのだ。考えたところで意味がない。

布の奥に潜む笑みを、氏政が悟れる訳がなかった。恐れを両の眼に満たしながら、ただただ震えている。

「御主でも死ぬのは怖いか」

問わずとも良い問い……。

思いながらも、つい問うていた。

氏政はがくがくと頭を上下させて、声に出さずに怖いと叫んでいる。その血走った目に涙が滲んでいた。

哀れ。

いっそのこと、ここで殺してやろうか。

邪な考えが、半蔵の脳裏を過《よぎ》る。

「御主はどうだ」

不意に背後から声が聞こえたが、半蔵は動くことが出来なかった。

己の首に刃が当てられているからだ。眼下の氏政に当てている刃と寸分たがわぬ位置に、鋭く細い刃が触れている。

まったく悟れなかった。

声が聞こえ、刃が喉に触れているいまも、背後に気配は感じられない。

「周りを見ろ」

背後の声が言う。

半蔵は頭を動かすことなく、視線だけを氏政から逸らして、己の周囲を見た。

「っ！」

喉の奥が縮まる。

畳をぐるりと囲むように、男たちが立っていた。別段、闇に溶け込もうともしていない、ある者は侍のごとき小袖に肩衣《かたぎぬ》姿、ある者は町人のような筒袖姿。足軽に見える胴丸を着込んだ者もいた。年は様々に思える。年若き者も、翁に見える者もいた。

男たちが隙間無く並んで、氏政の褥を囲んでいる。

ここまで近寄られていながら、半蔵はまったくその気配を感じることができなかった。

不覚などと思うことすらおこがましいほどの、失態である。

悔しさで体が震えた。

「くく」

小刻みに揺れる半蔵を見て、背後から刃を当てている男が笑った。

「何者だ」

半蔵は問う。

「先刻、御主にそこの男が問おうとしておったな」

そこの男……。

背後に立つ者は、氏政のことをそう呼んだ。ということは、氏政の犬ではないということなのか。

「勘繰りは止めろ。そういう小細工は、俺は好かん」

これ以上ないほどの優位な立場に勝ち誇ったように、背後の声が半蔵を制する。

腹立たしいが、喉に刃を当てられている以上、逆らうことはできない。少しでも半蔵が不穏な動きをしようものなら、背後の男はなんの躊躇もなく、首を掻っ切るはずだ。

「風魔小太郎。それが俺の名だ」

背後の声が名乗った。

「俺は名乗った。今度は御主の番だ」

「其方は真に忍か」

名乗ったから今度は御主などという理屈は、忍には無い。名を知られることは、忍にとって死を意味する。

「風魔小太郎という男が何者なのか、俺にはわからん。俺が何者なのかを決めるのは、俺以外の何者かだ。なぁ、御主の知っておる風魔小太郎は、忍なのか」

「そう聞いておったがな」

素直に答えてやると、小太郎と名乗った背後の男は高らかに笑った。この間も、氏政は半蔵の股の下で指一本動かせずに成り行きをうかがっている。

風魔小太郎は伝聞を信じるならば、北条の飼い犬である。氏政は飼い主だ。ならば、小太郎が真っ先にやるべきことは、氏政の命の保全である。こうして問答を続けている間も、氏政は命の危機に晒《さら》されたままだ。小太郎が忍であるのなら、一刻も早く半蔵を排除し、氏政を救出すべきである。

しかし小太郎には、そんな気は無いようであった。背後の男の言うことが真実であるならば、男は風魔の棟梁なのだ。とすれば、いま周囲を取り囲んでいる男たちは、背後の男の手下ということになる。これだけの人数がいれば、氏政の確保など造作もないはずだ。なのに小太郎は、飼い主の喉に刃が当てられているこの状況を楽しんでいるかのように、半蔵の首に刃を当てたまま泳がせている。

「良いのか」

「なにがだ」

「このまま氏政の首を斬ることもできるのだぞ」

「やってみればいい」

言って小太郎は笑う。

しくじったか……。

半蔵の背筋を雷が駆け抜ける。

股の下の氏政は、影武者なのか。半蔵が今宵、屋敷に忍び込むことは風魔に知れていて、あらかじめ氏政をすり替えていた。それを知らぬ半蔵がのこのこ寝所に忍び込み、影武者に迫るのを、小太郎たちはほくそ笑みながら見守っていたということなのか。

「どうした。己の命を懸けて、その男の首を斬ってみろ」

半蔵は口に当てていた掌を離した。

「こっ、小太郎っ！」

悲鳴じみた声で氏政が背後の男の名を叫んだ。

「は、は、早うこの男を殺せっ！」

涙声で叫ぶ。その様は、飼い主が犬に命じているようである。

「どうしたっ！　早うせよ小太郎っ！」

「やれよ。やってみればいい。くくく」

「こ、こ、こ、小太郎っ！　なにを言うておるのじゃっ！」

「やれよ」

氏政の悲痛な叫びが聞こえぬかのごとく、小太郎と名乗った男は悠然と半蔵に語り掛ける。

「御主は此奴をここから連れ出そうとしておったのだろう。殺すつもりはなかったはずだ。もしもここでこの男が死んだことを、御主の飼い主が知ったら、どう思うかのぉ。御主の飼い主の企みはここで潰えることになるのか。どうなのか」

無数の刃が音もなく半蔵の首に集まった。周りを囲む男たちが抜き放った刀の切っ先が、半蔵の首を中心に円を描く。少しでも動けば、すべての刃が首を突く。半蔵も気付かぬうちに、頭と胴が離れていることだろう。

背後で気配が膨らんだ。小太郎と名乗った男の姿が魂となって、半蔵の脳裏に像を結ぶ。気配という名の小太郎の頭が左耳の間近に迫るのを、半蔵ははっきりと感じていた。

「御主はどこに、此奴を運び込もうとしておったのだ」

この男は……。

半蔵が誰に飼われているかまではわかっていない。

「生かしたまま連れてゆくことに意味があったのであろう」

答えぬ半蔵を、矢継ぎ早に問いが襲う。

「この男に頭を下げさせたかったのか。それとも、猿の前で嬲《なぶ》り殺しにしてやりたかったのか」

痛みで脅すわけでもない。小太郎と名乗った男はただ静かに問いを重ねてゆく。その間も、半蔵が股の下の男の喉に刃を突きつけているのを許している。

「俺はなぁ。御主からなにも聞かずとも良いのだ。この城に潜む敵の忍を一人残らず殺せとしか、この男には命じられておらぬのよ。御主たちの飼い主がなにを企んでおるのかなど、どうでも良いのよ。浪速の阿呆の猿知恵を見抜こうなどとは思うておらぬ。俺は、御主が殺せればそれで良いのだ」

「だから素直に吐けというのは理屈に合《お》うておらぬぞ」

「たしかに。くくく」

どこまでも小太郎は楽しそうだ。

北条がどうなろうと、秀吉が勝とうと、どうでも良いのかもしれぬ。徳川に飼われ、忠実に務めを果たそうとしている己とは違う獣じみた匂いを、小太郎は放っている。

半蔵は喉に当てた刃に力を込めた。短い悲鳴を氏政が吐く。

「殺すぞ。この男を」

「だから、やってみろと言っておるではないか。さぁっ」

半蔵の喉に当たった刃が皮にめり込む。

「こ、小太郎ぉ……」

哀願する氏政の涙声に、風魔の棟梁は動じない。

「やれよ。さぁ。其奴は影武者でもなんでもない。正真正銘、北条氏政よ。なぁ、そうだろ」

がくがく震える顎を上下させ、氏政が答えた。その目からは止めどなく涙が溢れている。

本物なのか……。

半蔵は逡巡《しゅんじゅん》する。

もはやこの命が救われることはないだろう。助けが来るのは明日の朝だ。肥桶を運んでくる者たちが屋敷を訪れるまで、半蔵は単身でみずからの道を切り開かねばならない。この期に及んで、すべての刃を撥ねのけて逃げるような芸当は逆立ちをしても思いつかない。

死ぬのだ、己は。

ならば。

股の下の男はどうする。

真贋《しんがん》はどうでも良い。主は生きて連れて来いと命じた。が、もはや、半蔵にはここから生きて出るだけの力はない。しかし、厳重な警護をすり抜けてここまで来た。いま己の掌中に氏政の命が握られている。

この男は今回の戦の元凶だ。

氏政が死ねば、秀吉に降ることを厭わぬ氏直に実権が移る。本来ならば、生きて氏政を家康の前に連れてゆくのが務めなのだが、戦の趨勢《すうせい》を考えるならば、氏政をここで殺した方が良いように思う。

わかっている。

忍が政を断じるなど言語道断である。

だが……。

「儂の名を知りたがっておったな」

「教えてくれるか」

小太郎の余裕に満ちた声にうなずきで応える。

柄を握りしめた。

「服部半蔵」

斬る。

喉に当てた小刀を思い切り引いた。

いや。

無かった。

肘から先が。

「残念だったな」

笑みに揺らぐ小太郎の声を聞きながら、半蔵の頭は胴から切り離された。

＊

「はっ、はっ、はっ、はっ……」

肩で大きく息をする飼い主を悠然と見下ろしながら、風魔小太郎は人より裂けている口の端を吊り上げた。

女の骸の上に覆いかぶさるようにして、首を失った忍が無様な姿を晒している。まるでみずからが殺めたことを謝っているかのように、氏政が血塗《ちまみ》れの褥に両手を突いて、首を失った骸に虚ろな瞳をむけていた。

己の間近にまで刃が迫ろうとは思ってもみなかったらしい。

良い灸《きゅう》になった……。

小太郎はほくそ笑む。

「服部半蔵と名乗ったな」

哀れなまでに震えている主の背中に語りかける。

「服部半蔵という名の忍を殺したのは二人目だ。なぁ」

周囲の男たちが同時にうなずいた。しかし、そんな風魔のことなど、氏政は見ていない。流れを止めて血が固まり始めている首を見つめたまま、がくがくと震えている。

片膝立ちになり、小太郎は主の耳元に声を吐く。

「ここまで来るとは、敵もなかなかの腕のようだ」

「お、御主は知っておったのか。知っておきながら、儂に報せず、ここまで引き入れたのか」

「だったらどうする」

「お、御主という奴は……」

怒りで眉を吊り上げ、氏政が骸から目を逸らし小太郎をにらむ。

「良い顔だ」

飼い主の眉よりもなお口の端を吊り上げながら、小太郎は紫色の己が唇を尖った舌先で舐め上げる。

「御主はどう思う。俺が此奴をここまで引き入れたと思うか」

「いや」

「だとしたら、どうする。俺がここまで引き入れてやったことに何の意味があった」

「わ、儂を……」

「殺させるつもりなら、出て来てはおらん」

半蔵の好きにさせていた。

「まぁ、此奴は殺すつもりはなかったようだがな」

城の外へと連れ出そうとした。

「家康は御主を欲しておるようだな」

「殺すつもりなのじゃ。儂を捕えて、北条を救うつもりなのだ。息子を当主に据えて、娘婿を良いように使う気でおるのよ、あの狸は」

「そこまで価値のある家であるかの。北条は」

「なんじゃと」

立ち上がり、足の爪先で骸を突《つつ》く。

「このような忍一人潜り込ませて連れ去ろうとする程度の価値しか、御主にはない。つまり、徳川の狸も、そこまで北条を高《たこ》う買うてはおらぬのよ。北条が生き残るならば、婿を当主にするべきであろうが、無くなるなら無くなるで、徳川は困りはせぬ。

北条の価値を高う思うておるのは、城の裡におる者だけよ」

「御主はいったい……」

「勘違いするなよ。俺は猿や狸の餌など食わぬ」

風魔を疑ったとしても、氏政には小太郎を放逐することも殺《あや》めることもできない。闇を担うとはそういうことだ。いまや北条と風魔は一蓮托生《いちれんたくしょう》。いや、北条は風魔を頼りにせねば、闇に手を伸ばすことはできないが、風魔は北条が潰えても生きていける。同じ蓮《はちす》の上に座っていると思っているのは、北条だけだ。

「安心しろ」

穏やかに氏政に語って聞かせてやる。

「風魔はどこまでも北条の味方よ。たとえ北条が家臣たちに見捨てられたとしても、俺は御主の味方をしてやる」

「何故じゃ。御主は先刻、儂を見殺しにしようとしたではないか」

もう一度、骸を蹴る。

「死んだのは、此奴ではないか。御主は生きておる」

「小太郎よ」

声を震わせ哀れな老人が名を呼ぶ。

「御主はいったい、なにを望んでおるのだ。北条の安泰など、御主にはどうでも良いように思える」

「俺は楽しけりゃそれでよい。御主に付いて行けば、面白いことが起こる。それだけよ」

「儂に群がる敵が目当て……。そういうことか」

「元より、そのつもりよ」

関東に乱を呼ぶ北条とともにあることで、小太郎は数え切れぬほどの命のやり取りを味わってきた。どれほどの命を殺めてきたのか覚えていない。が、北条の犬となって働いてきたからこそ味わえた命であったことは間違いない。

「御主が死ぬまで、俺は付き合ってやる」

氏政の答えはなかった。

十五

「また、殺され申した」

「そうか」

半蔵の簡潔な報告に、家康は重い声を吐いた。

「何人目だ」

「小太郎の手にかかったのは二人目にござります」

目の前でひざまずく忍が坦々と応えた。目の前でうなずいたこの忍の名は服部半蔵という。そして、風魔小太郎に殺された二人の忍の名も半蔵である。

家康ですら、本当の半蔵を知らない。

目の前に現れる半蔵は、常に同じ姿である。四十がらみの険しい顔付きをした男だ。服部家の六男であり、兄たちの死により家督を継いだ正成《まさなり》であるはずである。鉄砲奉行という役を与え、徳川家の臣としての表の顔も持っている。

この男こそが服部半蔵正成なのだ。

そう断言できる……。

はずだ。

しかし家康には自信がない。

半蔵が用いる伊賀衆の忍たちは、一様に半蔵の名を用いているらしかった。実際に忍働きをしている彼等のことを家康が目にすることがないから、本当に皆が半蔵と名乗っている姿を見たことはない。そもそも、忍が敵に名乗ることなどないはずなのだから、それは半蔵と知れるような状況になったということなのかもしれない。とにかく、正成の用いる忍は皆、服部半蔵という名なのだという。

そうなると、訳がわからなくなる。目の前の正成が本当の服部半蔵なのか。若き頃よりともに戦場を駆けたのは、間違いなく目の前の正成である。父から家督を受け継ぐまでの正成は、武士だったのだ。服部家は兄が継ぐはずだった。正成は武士として、家康の元で立身出世を望んでいたのだ。鬼半蔵という異名すら、家中で用いられるほどの武人であった。

それがどうだ。

兄の死とともに服部家の家督を継いでからというもの、武人であったころの面影はすっかり薄れ、伊賀衆の棟梁という陰鬱《いんうつ》な風格のような物が総身から滲み出るようになった。もはや家康が知っている正成の顔貌とは変じている。

入れ替わったとして、果たして見極めることができるかどうか……。

本当の正成はすでに死んでいて、他の誰かが成り代わり、服部家の存続のために正成として働いているとして、家康はそれを見抜くことはできるのか。

できない。

「半蔵」

「は」

おもむろに名を呼んだ主に、半蔵が短い声で応えた。そのまま片膝立ちで、続きを待っている。

「御主は真に正成か」

半蔵は、昨夜小田原城内で起こった変事を報せに来たのだ。変事について問われると思っていたはずである。が、家康はまったく的外れな問いを投げた。さぞや戸惑っているであろうと思い、膝下《しっか》に控える忍をうかがったが、伏せた顔から見上げる瞳には揺らぎがなかった。

「家康様までもが、そう仰せになられるということは、某の術にそれなりの力があるのでしょう」

「揶揄《からこ》うておるのか」

「いえ」

半蔵は言を弄して煙に巻くような男ではない。毅然と首を左右に振って、みずからの意を示してみせる。

「某《それがし》は正真正銘、服部半蔵正成にござりまする」

「では、昨夜、氏政の寝所に忍び込んで殺された忍の名は」

「服部半蔵にござる」

「本丸屋敷の門前で殺された忍の名は」

「服部半蔵にござる」

「御主は」

「服部半蔵正成にござる」

「もう良いっ」

吐き捨て、家康は目を閉じ頭を振る。

「其方と話しておると、頭がおかしゅうなってくる」

半蔵は答えなかった。無言のまま顔を伏せ、小動《こゆるぎ》もしない。その揺るぎなさが、得体の知れない恐怖を家康に与える。

「忍になってしもうたな正成」

「それが服部家の務めにござりますれば……」

「他に道はないか」

「ありませぬ」

この男は、息子の首を刎ねた。

家康が頼んだ。

介錯《かいしゃく》である。

主従同然の同盟を結んでいた信長から、嫡男であった信康《のぶやす》に対して謀反の疑いをかけられた。その頃の家康にとって、信長は同盟相手であるとはいえ、主同然であった。信長からの嫌疑を晴らさねば、徳川家の行く末自体が危ぶまれる。

家康は信康に切腹を命じた。そして、その介錯を半蔵に頼んだのだ。槍半蔵として、武勇の誉れ高き武人であった半蔵に、わが子の首を刎ねてもらう。せめて苦しまずに冥途へ旅立ってもらいたいという家康の親心であった。

息子の介錯を務めた頃の半蔵は武士であった。これほど陰鬱な気を総身にはらんだ男ではなかった。

他に道は無かったという問いに、迷いなく首を縦に振った半蔵は、忍である己に後悔はないのだろう。

たしかに半蔵は忍として存分な働きをみせてくれている。

信康の仇である信長が本能寺にて殺された時も、わずかな家臣とともに堺にいた家康を、山深い伊賀へといざない、土地の忍たちを懐柔しながら、駿河まで無事に送り届けてくれた。半蔵がいなければ、家康は明智光秀の手勢に捕らえられ、殺されていたかもしれぬ。

半蔵は忍として、家康の命を救ったのだ。

「どうでも良いのかもしれんな」

「は」

「御主が昔から儂が知る半蔵正成なのか。それとも、すでに儂の知らぬ誰かと入れ替わった、見知らぬ男なのか。そんなことは、儂にも御主にもどうでも良いことなのだろうな。儂はいま、伊賀の棟梁服部半蔵と会うておる。そのことに違いはないのだからな」

「何度でも申しまする。某は家康様の存じておられる、服部半蔵正成にござります」

「信じよう」

無言のまま半蔵は深々と頭を垂れた。

頭を切り替える。

「して……。氏政は捕らえられなんだか」

「寝所には忍び込んだのですが、そこで……」

「殺られたか」

「は」

「忍か」

半蔵がうなずく。

「風魔……」

「恐らくは」

「まったく、忌々《いまいま》しい者どもよ」

吐き捨てた家康は大きく開いた鼻の穴から息を吸い込む。

「久太郎も風魔に殺されたのだな」

「こちらは間違いありませぬ」

包囲する大名衆には、堀秀政の死は病によるものだという報せが秀吉から届いていた。齢三十八。早すぎる死に、家康は病という報せを疑った。半蔵はすぐに堀家に忍び込み、風魔による襲撃があったことを調べあげてきた。

「腕の立つ者を揃えておるようだな」

「恐らく、殺し合いだけならば、我等は風魔に敵いますまい」

ここまで半蔵が断言するということは、風魔の殺しの業は本物なのだろう。当家の伊賀衆が敵わぬほどに。

「やれるか」

氏政の拉致を続けられるかと問うた。

「難しいやもしれませぬ」

半蔵に忖度はない。主の機嫌を取るために、虚勢を張るような愚は犯さない。できないことを安請け合いして、仕損じるような真似は、忍働きでは許されない。時には家の命運を左右するような務めを与えられるのが忍だ。できぬことはできぬと言い切ることも、棟梁として当たり前の器量である。そんな半蔵であるからこそ、家康は信じて闇の務めを任せることができるのだ。

「ここまで風魔が厳重に先代を守っておるとは思うておりませなんだ。氏直が己は風魔を知らぬと申しておったのは、真《まこと》であったのでしょう。今なお、風魔は氏政に飼われておるのは間違いありませぬ」

「あの老い耄《ぼ》れめ、家督を譲っても、なにひとつ譲りはしておらんのか」

家康は歯噛みする。

氏政が実質的な北条家の総領であり、氏直にはなにひとつ与えられていないのであれば、どれだけ氏政を北条家から排除したとしても、家臣たちが氏直を主として仰ぐとは断じきれない。松田や一門衆などの重臣たちが声高らかに政を語り、氏直は隅に追いやられたままとなるという懸念も残る。

鼻から重い息を吐く。

「北条は保たんか……」

娘婿として、同盟相手として、なんとか氏直を救ってやりたかったが、ここまで氏政の力が強大であると、北条家を変えることは容易ではない。

北条が滅び、己は関東に追いやられる……。

秀吉の思う壺だ。

徳川は豊臣家第一の臣として、その命脈を保ってゆかなければならなくなる。もう二度と、天下を狙うことすら許されない。

「ここまで来て……」

膝に置いた拳がぎりりと鳴る。

天下を望むところまで来た。信長が死に、織田家が割れ、徳川が天下をつかむ目が見えるところまで来ていたのだ。

悔やまれる。

小牧と長久手での戦の大勝を、政での勝利に結びつけられなかったことを。

秀吉が関白となり、家康の天下は遠のいてしまった。もはや、どれだけ手を伸ばしてみても、天下は摑めはしない。

「ここまで良いようにされ、そのうえ北条まで……」

なにもかも、秀吉の思う壺ではないか。

握った拳を虚空に掲げ、堅く結んだみずからの五本の指をにらみながら、不死の忍に語り掛ける。

「半蔵」

「は」

「もはや北条はどうにもならぬ。ならば、婿殿の命くらいは助けてやろうではないか。時が無い。風魔を切り抜け氏政を攫《さら》うことは諦める」

無言のまま半蔵がわずかに頭を垂れた。忍の矜持はあるだろうが、これ以上風魔とやりあって、忍を減らしてもなんの意味もない。

この城が落ちれば、日ノ本から戦はなくなるだろう。だが、それで大名の戦いが終ったわけではない。戦が絶えようと、大名同士の戦いは続くのだ。

いや……。

家康にとって、格下の大名などに関心はない。

戦う相手は決まっている。

豊臣秀吉。

あの成り上がり者の猿をいつか必ず天下から引きずり下ろす。その日のためにも、これ以上半蔵たち伊賀衆を減らすわけにはいかないのだ。戦が絶えれば武士が槍を取って武功を挙げる世の中は終わる。戦は陽の当たる場所から闇のなかへと戦場を変えるだろう。

天下泰平という名の煌びやかな舞台の下で、大名たちが闇に紛れ暗き刃を交えるのだ。

「婿殿はこれからどうなされるつもりなのだ」

半蔵に問う。黒き衣をまとう伊賀衆の棟梁は、垂れていた頭を上げて主を見上げた。

「舅殿に己が身柄をお預けしたいと願うておられまする。家康様の命に従い氏政を攫うと申したところ、氏直殿は逸《はや》る御心を留めておりました。氏直殿は一日も早く、この戦を終わらせたいと思うておりまする。己が命を犠牲にして戦が終わるのならば、喜んで首を差し出しましょう」

「そうか……」

止むを得ない。

「半蔵。氏直殿とは会えるか」

「風魔の警護は堅うござりまするが、氏直殿自身の助けもござりまする故、氏政の寝所に忍び込むよりは容易《たやす》うございます」

「戦を終わらせるよう、氏直殿を説くのだ。もはや道はそれしかない」

「すでに黒田《くろだ》官兵衛《かんべえ》孝高《よしたか》と織田信雄《のぶかつ》らが、和平の交渉を進めておりまするが」

「わかっておる」

氏直からその報せも入っている。

「だからこそじゃ。氏政は決して交渉に耳を貸さぬであろう。それ故、婿殿に儂が後ろ盾となる故、絶対に使者を退けてはならぬと御伝えするのだ。なにがあっても持ちこたえよと」

氏政を拉致することが敵わぬ以上、娘婿の身柄だけでも確保しておきたかった。

「氏政が戦を止めず、道が窮《きわ》まった時は……」

半蔵を見据える。

「婿殿を連れて城を出ろ」

「承知仕りました」

「行け」

半蔵は闇に溶けた。

十六

「どうなっておる」

苛立ちを隠さぬ関白の声を、対馬守は早雲寺の床の木目を見つめたまま聞いた。

「早川山《はやかわやま》に築かせておる城は数日のうちに出来上がるそうじゃ。儂もそちらに陣所を移す。本陣を移したら、すぐに目の前の木を切り払い、敵に見せつける手筈になっておる。時はないぞ対馬守」

「はい」

「余裕だな」

伏せていた顔をわずかに上げて、本堂の釈迦如来を背にして座る秀吉を見る。脇息に思い切り体を預けるようにして斜めになったまま、面倒そうに下座を見下ろす秀吉の目は、対馬守の後方に据えられていた。

愁だ。

秀吉との連絡役を務めている女忍を、好色な視線が舐めまわしている。

「あまりにも暇なのでな、城を囲む諸大名の陣中にて狼藉を働いたり、逃げ出したりと、面倒事が起こり始めておる。敵が音を上げるまで何年でも待ってやるつもりであったが、そうも行かんようじゃ」

急かされている。

この弛緩《しかん》しきった戦を、秀吉は切り上げたがっているのだ。伊達をはじめとした奥羽の大名たちも、秀吉への臣従を誓っている。北条さえ屈服させてしまえば、日ノ本は秀吉の下《もと》でひとつになるのだ。

いや……。

そんな大義名分ではない。

飽きたのだ。

この男は。

「どうするつもりじゃ対馬守。御主の働きも無いまま、早川山に築いた城を敵に見せつけても良いのだぞ」

お主の働きなど無くても、小田原は落ちる。尊大な自信が、成り上がりの猿のにやついた面に張り付いていた。対馬守との面談よりも、その後の愁との夜にすでに想いは移っているのだろう。

欲深き猿め……。

心の裡で吐き捨てながら、対馬守はふたたび深く頭を垂れた。

「松田家の相克はすでに極まっておりまする。関白殿下が御命じくだされば、いつでも火を点《つ》けることができまする」

「ほう」

脇息から肘を外し、秀吉がわずかに身を乗り出した。どうやら、対馬守が北条家の臣の籠絡に手こずっていると思っていたらしい。

無理もない。

対馬守はあえて、秀吉との接触を断っていた。秀吉が焦るまで、こちらから接触することはないと腹を括《くく》り、務めに没頭していたのだ。

秀吉が飼っている忍は、対馬守だけではない。

黒田《くろだ》や吉川《きつかわ》など、有力な忍を飼っている大名もいる。真田に声をかけて対馬守が呼ばれたように、彼等にも同様に声がかけられたとしてもおかしくはない。

どこの忍が、どんな務めを果たしているのかわからないのだ。不用意に秀吉に接触して、こちらの動きを知られることは、できるだけ避けたかった。そういう意味では、堀秀政が生きてくれていた方が、気楽であったかもしれない。秀政という間に立ってくれる大名がいれば、秀吉の耳に入る事柄も限られていたであろうし、秀吉から他の忍に対馬守の動きが漏れることも避けられたかもしれない。

忍はみずからの務めを遂行するためだけに、働く。もしも、秀吉が飼っている他の忍の働きが、対馬守の働きによって阻まれるようなことになれば、味方であろうとも危害を加えてくる恐れがある。ともに秀吉のために働いているとはいえ、忍同士は味方ではないのだ。働くのは己のため、同朋のため、そして真の主のためである。

秀吉など仮初《かりそめ》の主に過ぎない。そうなると、働きを優先させることになる。それが忍なのだ。

余計な諍《いさか》いを防ぐためにも、できるだけ秀吉との接触は避けたかったのである。

「ならば、松田家の方は問題ないのだな」

対馬守はうなずきで応えてから、木目を見つめたまま口を開く。

「殺されそうになった憲秀は、狙ったのが息子であることを知ると、みずから息子の元に赴き、己も関白殿下に降りたいと頭を下げました。籠城を声高に叫んでおったが、もはや北条に勝ち目はないと思うておったらしく、機があれば関白殿下に降るつもりであったと打ち明けました」

「見ておったのか」

「床下で聞いておりました」

同じ時、直秀に仕えている藤蔵が天井裏から見ていた。

醜悪なほどへりくだり、涙ながらに息子に哀願する父の、重代の恩をいただく主家を屁とも思わぬような浅ましい言動を頭上に聞き、対馬守は吐き気を覚えた。人は間近に死が迫ると、ここまで醜くなれるのかと、改めて思った。

「床に額をぶつけながら頼む父を、さすがに政晴も見捨てることはできなかったのでしょう。ともに降ろうと言って上座を降りて、父に寄り、二人して泣いておりました」

「阿呆らし」

吐き捨てた猿の両の鼻から、軽蔑の息が漏れる。

「どちらも我が身が可愛いだけではないか。滅びようとする主家を見殺しにして、新しき主に頭を垂れようとしておるのだからな」

どうやらこの猿は、目の前でこの親子が頭を垂れたとしても、飼う気はないらしい。

「親子の謀反を、すでに弟の直秀は知っておりまする」

「御主の手下が耳に入れたのだな」

「左様」

「それで直秀はどうした」

「主家を裏切るなど言語道断と怒りを露わにしておりました」

「見て来たように語るの」

「隣の部屋に控えておりました」

藤蔵の手引きである。密談を誰かに聞かれることを警戒した直秀が人払いした控えの間に、対馬守は息を潜めて隠れていたのだ。

「父と兄を誅《ちゅう》せねばなるまいと、我が手下に申しました」

「殺してくれと頼んだということか」

「我が手下はそれを諫《いさ》め、評定の席で披瀝すべしと諭し申した。関白殿下が御命じいただければ、評定の席において氏政の元ですべてが明らかになりまする」

「それでよい」

これまでの不機嫌から一転、成り上がり者の猿が、いやらしいほどに顔をほころばせた。

もともと、この男の命なのである。

北条家の重臣の家を内側から喰い破り、主の前ですべてを曝《さら》け出せと言ったのは、秀吉本人なのだ。対馬守がそれを忠実に遂行していることに、先刻の賢《さか》しい行いを忘れ機嫌を良くしているのである。

「良うやった対馬守」

秀吉の笑みからいやらしさが抜けた。いや、いやらしさだけではない。あらゆる屈託が、緩んだ頰から抜け去って、なにもかもを対馬守に曝け出したかのような明け透けな笑顔になった。

この男のことがわからない。

常人には抱えきれぬほどの情欲を総身に宿しているかと思えば、昨日物心がついたのかと思うほど純真な童のような笑みを見せる。真意が読めず食えぬという意味では、対馬守の主も負けず劣らずではあるのだが、これほどまでに純真無垢《むく》な笑顔を見せたことは一度もない。主の心中に宿る智の閃《ひらめ》きが、人の英知をすべて投げ出したような笑みを余人の前で見せることを拒ませるのだろう。普通はそうだ。対馬守も主同様、人としての矜持が、目の前の猿のような笑みを見せることを阻んでしまう。

背筋に怖気が走るほどの邪気を身に纏いながら、同時に人としてのすべての屈託を忘れたような陽気も発する。そんな男を、対馬守はこれまで一度も見たことが無い。

いったい、どのような生き方をすれば、こんな化け物になるのだろうか。

知りたくもない……。

できるならば、一刻も早くこの男の元を去ってしまいたかった。そして、二度と会わずに生きて行きたいと思う。この男に頭を垂れて生きていくなど、対馬守には耐えられない。

化け物に翻弄される生など、まっぴらごめんだった。

「儂の存念次第なのだな対馬守」

これまで聞いたことがない柔らかい声が、上座から降ってくる。対馬守は目を合わせることを拒むように、床板をにらみながらうなずいた。

「ならば、すぐにでもやれ。次の評定の席で、直秀に父と兄の罪状を披瀝させるのじゃ」

「承知仕りました」

「頼みにしておる者が、血を分けた親子同士で争う様を目の当たりにして、氏政はどのような顔をするのであろうなぁ」

喜悦が声に滲んでいる。

「望むならば小田原城にて、儂の目で見たかった……。対馬守よ」

「は」

目を伏せたまま答える。

「其方に命を下す。密かに評定の席に潜り込み、松田家の内紛を目の当たりにした氏政の顔を見て来るのじゃ。そして、その仔細を儂に語ってくれ。頼む対馬守。こは関白と忍としてではない。一人の男として、対馬守、御主に頼むのじゃ。聞いてくれるな」

否応など無い。

「承知仕りました」

答える対馬守に、身を乗り出しながら秀吉が目を見開く。細く尖った塩舐め指を、対馬守の目にむけて突き立てながら、老いた猿が妖しく笑う。

「良いか。氏政の髪の毛一本まで見逃さず、なにもかも御主の目に焼き付けて来るのじゃ。そして、すぐ戻って来い。それまでは、早川山の城を敵に見せるのは待ってやる。わかったな」

上下の瞼《まぶた》を思い切り広げて対馬守を見ていた秀吉が、それまでの興味を失ったかのように、背後の愁へと視線をむけた。

「もう良い。下がれ。ここを出たらすぐに城に戻れ。わかったな」

背後の女忍を凝視したまま、対馬守に対して掌をひらひらと振る。

「今宵は泊まれるのであろう」

肩越しに愁を見ると、たしかめるように対馬守を見つめている。わずかに顎を上下させ、承認の意を示してやると、愁は深く頭を下げて上座にむかって声を吐く。

「はい」

「そうか、そうか」

「では某はこれにて」

頭を垂れる対馬守を、関白の呆けたような目がとらえる。

「なんじゃ、まだおったのか。早よ去ね、去ね」

言われずとも、そうする……。

愁が己にむかって頭を下げる姿を視界の端に納めながら、対馬守は本堂を去った。

＊

「どうじゃ徳川殿っ！」

機嫌良く両手を広げながら声高に言った猿の背中越しに見える天守を見上げ、家康は息を呑む。

陽光を受けて輝く純白の壁に漆黒の瓦《かわら》が映える、実に見事な天守が、小田原城の西方に位置する早川山に築かれていた。

「すでに早雲寺の本陣を引き払う支度は終わっておる。今日明日にでもこの城に本陣を移すつもりじゃ」

「これほどの城を、敵に知られずに作るとは……」

本心からの感嘆であった。

背後に目を向けると、小田原城から天守を覆い隠すように見事な森が鬱蒼《うっそう》と茂っている。木々の背丈を考えたうえで、絶妙に敵の視界から逃れるように天守は築かれていた。背後の木々を切り払えば、北条勢の前に突然この城が現れる。

「関白の一夜城よ」

秀吉は笑い、広げた両腕を軽快に振りながら舞い踊る。

これほどまでに機嫌が良い猿もめずらしいと、家康は思う。人と相対する時に、みずからの情を露わにするような男ではない。どちらかといえば秀吉という男は、笑い顔が良く似合う。家臣を叱責《しっせき》し、怒鳴り散らしたとしても、それはあくまで怒っているという姿を衆人に見せつけているだけで、一気に怒りを吐きだしたら、すぐに笑みに戻って他の者たちと談笑できる。そんな好々爺《こうこうや》である。

しかし、笑みも怒りも、すべては秀吉という男の分厚い面の皮の上澄みでしかないと家康は思っている。この男は、余人にみずからの素直な情を見せることを嫌う。主であった信長の前でも、秀吉が真の情を表した姿を家康は見たことがない。

他者が己をどう思っているか。どう見ているか。

それが秀吉という男を作り出している。

みずからの情などこの男にとっては、気に留めるような物ではないのだ。情念など、いくらでも操れる。

真の秀吉……。

もしかしたら、そんな物は秀吉自身にもわからないのかもしれない。

そんな男が、童のように無邪気に喜んでいた。この戦に臨んでからというもの、常に暇を持て余し、欠伸《あくび》を押し殺しているかのごとき緩んだ顔をしていた猿が、目をきらきらと輝かせて、みずからが築かせた天守を嬉しそうに見上げているのだ。

「この城を目の当たりにしたら、さすがの氏政も腰を抜かすであろう。くくく」

金糸銀糸で彩られた胴服《どうぶく》の袖で口元を覆いながら、秀吉が肩を震わせる。

「そうじゃ、家康殿」

ひらりと片足で体を回転させた猿が、かたわらに立つ家康と正対した。いつ取り出したのか、腰に差してあったはずの扇が、気付かぬうちに関白の右手に握られている。折りたたまれたままの扇の先が、家康の首筋に触れた。

扇を掲げたまま、秀吉が首を傾げながら家康を見据える。

忘我のうちに家康は唾を飲んでしまった。ごくりという派手な音が、喉の奥で鳴るのを止めることができない。

「其方、小田原城の中で、なにやらやっておるようだの」

猿の目から喜悦の光が消えていた。ほころんでいた口は引き締まり、家康を見つめる瞳の奥には、猜疑が滲んでいる。

「い、いや……」

「別に責めてはおらんよ」

言いながらも扇は首筋に当てられたまま微動だにしない。木と紙を張り付けただけのただの扇である。叩かれたところで痛くも痒くもない。

しかし動けなかった。

刃を首に当てられているかのように、扇をつかむ秀吉の手から殺気が伝わり、家康の肌をひりつかせている。張り詰めた気が総身を緊張させ、眼前の猿から目を背けることを許さない。

「服部半蔵……。御主のところの忍の名であったな」

「はい」

別に否定する必要もないから、家康は肯定の声を吐いた。

また喉が鳴った。

うろたえているのか己は……。

矮小な猿に扇を首に当てられているだけだというのに、死を恐れるかのように身を縮こめている己が情けなくて仕方がない。

「半蔵を用い、徳川殿が北条と内通しておるなどと言うてきた者がおってな」

誰であるかという詮索など、意味がない。秀吉は多くの大名、そしてそれらの忍を思うままに使うことができる。

果たして。

この猿はどこまで知っているのか。

秀吉は口元を緩めて続ける。

「よもや徳川殿が、いまさら北条に密かに与しようなどと思うておられるはずはないと言うて、告げ口をして来おった奴を儂は追い払ったんじゃがの」

そう言って笑う猿の掌中の扇がぽんぽんと家康の首を幾度か叩いた。

大丈夫だ……。

家康は己に言い聞かせる。

秀吉に疑われたとしても、なんら後ろ暗いことはないのだ。氏政を拉致しようとしたのも、一日も早くこの戦を終わらせるためである。氏直を諭して、城を捨てさせるという算段も、北条を生き延びさせるための手段でしかない。

ただひとつ、後ろ暗いことがあるとすれば、そのいっさいを秀吉に秘しているという一事だけだ。

「某が関白殿下に弓引くなど……。有り得ませぬ」

言って笑った。

「そうであろう」

秀吉も口の端を吊り上げる。

偽りの笑みを浮かべたまま、猿と狸が山中でにらみ合う。

風が山を駆け下りてゆく。二人の老いた獣は、湿り気を帯びた生温い風に撫でられ、ともに体をかすかに揺らした。

「風が出て来た。そうじゃ、城の中も案内してやろうではないか」

それまでの陰が秀吉の顔からぱっと消え、先刻のような童の笑みが返ってきた。

扇を帯に挟んだ猿が、石垣の方へと体をむける。

「こっちじゃ家康殿」

「はは」

ぴょんぴょんと小気味良く体を跳ねさせながら、天守へと続く石段の方へと歩いてゆく秀吉の背を追うようにして、家康は重い足を前に進めた。

「そうじゃ、そうじゃ……」

猿が石段の袂《たもと》で立ち止まって、顔だけを家康にむけた。

「其方がなにをしようと、儂は北条を許さん。それだけは覚えておいてくれ。関東は其方にやる。北条に残してやる領地など無い」

「はい」

「うむ」

家康の答えを聞いて破顔した秀吉は、ふたたび天守へと顔をむけ、上機嫌で石段を登り始める。天下人の後ろ姿を見上げながら、家康は己が身が鉛のように重くなるのを感じていた。

十七

なんとも……。

対馬守は密かにため息を吐く。

これほどまでに滑稽な評定を、対馬守は見たことが無かった。

「この城に籠っておれば、何年でも戦えまするっ！　成り上がり者の猿が死ぬまで、我等はこの城で戦いまするっ！」

居並ぶ家臣たちの先頭で声高に叫んでいるのは、小田原衆筆頭、松田家の先代である。

「そうじゃっ、憲秀の申す通りぞっ！　我等は敗けぬ。この城がある限り敗けはせぬのじゃっ！」

そう言って上座で身を乗り出し拳を突き立て叫んでいるのは、北条家の先代である。

いずれも、いまや息子に家督を譲り隠居の身となった老人であった。

本来ならば、みずからの家に対してなんの権も持ち得ないはずの隠居が二人して、北条家の行く末を声高に論じている。そんな二人の口から語られているのは、この膠《こう》着《ちゃく》した戦を勝利へと導くような策などではなく、おそらく戦がはじまった当初から幾度も繰り返されてきたことが容易に判じられる、どこにでもあるような籠城策であった。

この戦がはじまって、すでに三月もの月日が経っている。その間、この城のなかでは幾度も、こんな愚にも付かぬ問答が繰り返されていたのかと思うと、対馬守は呆れて物が言えない。

何故、誰もこの二人の老人に異を唱えようとしないのか。

この評定は北条家の行く末を定めるだけの物ではないはずだ。北条家に従う関東全土に領国を持つ家臣たちの行く末もまた、この戦の勝敗によって大きく左右される。この不利な戦況を覆すような目新しい策もなく、ただただ小田原城という古今未曾有の巨城に籠ることで、いっさいの面倒事から目を背け続けようとする老い耄《ぼ》れたちの世迷言《よまいごと》に、誰一人首を横に振ろうとしないことが、対馬守には信じられない。

この船は沈む。

間違いない。

ならば、この船を沈めることになった因《もと》を作った者が誰なのかをはっきりさせるべきではないのか。勝つ算段をするか、敗れた因がどこにあるのかを問うか、形無き物を言葉によって形とするのが評定なのではないか。

この場には勝ちも敗けもない。

北条家と小田原城という五代に亘り築き上げてきた幻影に縋《すが》りついた老人たちが、大声で余人の目を眩《くら》ますための愚かな場でしかない。

無駄だ。

こんな評定をどれだけ重ねたところで、北条家の行く末を断じることなどできはしない。

「申したきことがあるならば、遠慮はいらんっ、申してみよっ！」

上座で氏政が声高に叫ぶ。

ならば……。

居並ぶ家臣の端の端に身を潜める対馬守であるが、ついつい腰を浮かせ愚かな先代当主にみずからを誇示してみたくなってしまう。

御主たちが愚かな幻影に囚われたがために、これだけの家臣が路頭に迷うのだと、上座に指を突き立てて叫んでやりたかった。

何故に誰も言わぬのだ。何故、顔を伏せ口を閉ざしているのだ。

わからない。

ただ唯々諾々《いいだくだく》と隠居どもの世迷言を受け入れている北条家の臣たちの心根が、対馬守には理解できない。

臣たちの沈黙を破って声を吐いたのは、けっきょく憲秀だった。

「敵の陣中にて、狼藉や逃散《ちょうさん》が相次いでおるという報せも入っておりまする。いかに兵糧を諸国より集めることができるといえど、敵は烏合《うごう》の衆にござります。腹が満ちていようとも、国を離れての長き戦には耐えられぬのです」

これは事実だった。

諸大名の陣中で、兵たちが騒ぎはじめている。これといった派手な戦いはなく、ただただ静まり返った敵の城を囲んでいる日々に、兵たちが倦《う》み疲れているのだ。

「あと少し……。あと少し耐えれば、敵は包囲を解いてみずからの領国へと帰り始めましょう。その時こそが真の好機にござります。我が松田家に御命じいただければ、儂みずから先頭に立ち、背を見せる秀吉の本陣を攻め立てて御覧に入れまする」

「良う申した憲秀っ！」

氏政が感極まったように腰を浮かせながら叫んだ。

本当に……。

良く言ったものだ。

対馬守はみずからの口元に浮かぶ失笑を誰にも見られぬように、顔を伏せた。

重代の主に最後まで抗うことを説きながら、みずからはすでに新たな主に尻尾《しっぽ》を振っている。なんと見事な裏切りか。

拳を震わせる憲秀のかたわらで、松田家の現当主である息子が肩を震わせていた。上座と父から目を背けるように顔を伏せた直秀の怒りは、部屋の隅に座す対馬守にもひしひしと伝わってくる。

藤蔵には秀吉の意向は伝えていた。

直秀は今日動く。

「異論はないな皆の者」

「宜しゅうございまするか」

いきなり隣から声が聞こえ、憲秀が顎を引きながら息子に目をむけた。しかし直秀はそんな父を見ぬように、上座にむかって身を乗り出す。

「殿に御注進したきことがござります」

「なにを……」

「大殿ではござりませぬ」

いまにも上座に手をかけるのではというほどに家臣の列からはみ出して言った直秀に氏政が声をかけようとしたが、それを撥ねのけ松田家の当主は、北条家の当主である氏直にむかって言葉を重ねた。

「殿っ！　殿に聞いていただきたきことがござりまするっ！」

「えぇいっ！　控えよっ！」

みずからを蔑ろにされたことに怒りを隠せない氏政が、立ち上がりながら直秀を怒鳴りつけた。隠居の怒りを恐れ、同じ隠居である憲秀が息子の肩をつかみながら、家臣の列からまろび出る。

「な、なにをしておる直秀。控えよ、控えぬか」

「殿っ！　北条家の総領は殿にござりまするっ！　こは北条家の一大事にござりますれば、ぜひとも殿の御耳に入れとうござりまするっ！」

「わかった」

これまでわざとらしいほどの大声ばかりが飛び交っていた広間に、静やかな声が染みわたる。声を張っているわけではないくせに、広間の隅々にまで行き渡る澄んだ響きであった。

「氏直……」

上座に立つ父が、中央に座したままの息子の名を呼んだ。しかし氏直は、みずからに詰め寄ろうとしている直秀を穏やかに見つめたまま、まるで父を無視しているかのように、薄い唇をゆっくりと開いた。

「聞かせてくれ」

「はは」

直秀が我が主は氏直であると言わんばかりに、頭を派手に垂れながら答えた。

父や憲秀の鼻息の荒さにいっこうに動じない総領の姿に、居並ぶ家臣たちが明らかに動揺しているようだった。声の大きい氏政を総領として仰いできた男たちが、穏やかだが揺るぎのない氏直の毅然とした姿を前に、声を失っている。

「我が父、松田憲秀。そして我が兄、笠原政晴。この両名は、敵に通じておりまする」

「なっ！　なにを申しておるのじゃ直秀っ！」

喉を潰すかと心配になるほどに甲高い声を憲秀が発した。あまりのうろたえように、対馬守はおもわず笑いが込み上げてきたが、すんでのところで声を発するのだけは止めることができた。

動揺する父に肩をつかまれたまま、直秀は背筋を伸ばし胸を張り、主と相対する。

「両名ともに、秀吉に通じ、笠原が守護する板橋《いたばし》口より密かに敵を引き入れる算段をいたしており申した」

「言いがかりじゃっ！　な、なにを申しておるのじゃ直秀ぇっ！」

家臣の群れのなかから男が立ち上がって叫んだ。その怒りに満ち満ちた目が睨んでいるのは上座近くにある直秀の背中であった。

兄、笠原政晴である。

政晴の激高に目をむけることなく、直秀は淡々と続けた。

「板橋口にて相対しておった敵の堀秀治《ひではる》と密かに通じ、秀吉との交渉を続けておったようにござります」

藤蔵から直秀の耳に入れた。堀秀政の死後、戦場にてその跡を継いだ息子の秀治には、対馬守とその手下のことは、秀吉から報せが届いている。秀政の時のように中継役を務めることは求められなかったが、こういう時に名を使う許しは得ていた。政晴が守護していた場所が、堀家と相対する位置にあったのは都合が良かった。

「わ、儂は堀家など知らん……」

政晴は、己が通じていたのは秀吉直々に遣わされた忍であると思っている。たしかに対馬守とその手下は、秀吉の差配によって動いているからその認識で間違っていない。だからこそ、いま直秀の口から語られた、堀家と通じていたという話を聞いて、政晴は顔を青くして首を左右に振った。

弟はうろたえる兄を一顧だにせず、主にむけて淡々と続ける。

「当初は、兄のみが秀吉と通じておったようですが、その事実を知った父もまた、兄の企みに加担し……」

「違うっ！　儂は北条家と豊臣家の和睦のために、なんとか道は無いかと探っておっただけ」

「憲秀っ」

立ったままの氏政が怒鳴った。その声で、みずからが口走ってしまった事柄を改めて知覚し、憲秀が息子の肩から手を離して大きく仰《の》け反《ぞ》った。

「い、いや……」

「御主……。御主はいったい……」

一歩二歩と憲秀へと迫る氏政が、相対する息子と直秀の間に立った。

「御控えなされよ父上」

広間じゅうに氏直の澄んだ声が響いた。別段大きなわけではないくせに、圧に満ちた当主の声に、氏政がよろよろと上座で数歩たたらを踏んだ。なんとか下座に転げ落ちるのだけは避けた父は、緩んだ唇をだらしなく開いたまま息子を見下ろしている。

そんな情けない父親を端然と見上げながら、氏直は静かに口を開いた。

「御座りになられよ」

みずからの傍らを手で示しながら、息子が父をうながす。

「氏直……。御主は……」

声を震わせてつぶやく父を見上げながら、氏直はまったく動じていない。

話で聞いていた北条家の当主とは趣が違う。対馬守は気を引き締めて上座の氏直を注視する。

なにかがあった。

氏直のなかで。

確信はない。勘だ。対馬守の忍としての勘が、そう告げている。

半蔵という名が、脳裏に浮かんだ刹那、秀吉の声が耳に蘇った。

氏政を見ていろ……。

それが秀吉の命だ。しかし、今は氏直から目が離せない。

父に実権を握られた名ばかりの当主。それが氏直という男の世の中の評であった。

秀吉と刃を交えることを決めたのも、籠城を続けているのも、氏政の決断であり、息子の氏直は北条家の行く末になんの影響も与えていない。だからこそ、氏政の前で、重臣の肉親同士が相争う場を作り出したのだ。

だが……。

目の前で父を見上げる氏直は、噂のような弱い男ではなかった。たしかに武士としては体付きは頼りない。が、その総身から立ち上る気には、鼻息の荒い父や重臣にも一歩も引かぬ研ぎ澄まされた凄烈さがみなぎっていた。

「御座りくだされ父上」

かたわらを指し示したまま、氏直は父を見上げ続ける。その毅然《きぜん》とした姿に、氏政だけではなく憲秀や政晴までもが、声も発せず固まっていた。

皆の視線が氏政に集まる。

さすがの氏政も、これ以上息子に逆らえはしなかった。歯を食い縛り、怒りで顔を真っ赤に染めながら、示されたところにじりじりと腰を落としてゆく。

父が座ったのをたしかめた氏直は、ふたたび直秀に目を移し、なにもなかったかのような穏やかな声を投げた。

「証《あかし》はあるのか。証が無ければ、御主は父と兄に謂《いわ》れのない罪をかぶせようとしておることになるのだぞ」

「こちらに」

懐から掌にかくれるほどの丁寧に折りたたまれた書を取り出し、氏直へと差し出す。氏政は眉根に皺を刻み不満を露わにしながらも、息子へと掲げられた書を見つめることしかできない。

「そ、それは……」

立ったままの笠原政晴が声を吐く。

「笠原よ」

家臣に目を移し、氏直が声を投げる。

「御主も座れ」

「しかし」

「座れ」

揺るぎない当主の声に頭を押さえつけられるようにして、政晴が静かに身を沈めた。

己に掲げられている書を手に取って、氏直が音もなくそれを開く。陽の光に透けて、墨書の文字が見えるが、なにが書かれているかまではさすがに対馬守の目でもたしかめられなかった。

「これは……」

読み終えた氏直が、肩を落としてうなだれる政晴の方に目をやった。

「おっ、御聞きくだされ氏直様っ！」

憲秀が腰を浮かせて上座に詰め寄りながら叫んだ。

「控えよ憲秀」

瞳だけで松田家の隠居を見据え、背筋が凍り付きそうなほどに冷めた声を氏直が吐いた。あまりの冴《さ》え冴《ざ》えとした響きに、家臣たちまでもが凍り付く。先刻まで老人たちの熱気に支配されていた広間が、氏直から発せられる冷たい気に覆われてしまっていた。

広げられたままの書を北条家の総領は虚空に掲げ、家臣の列の中程に座る政晴に語り掛ける。

「秀吉にむけての書状じゃ。所領の安堵を認めてくれれば、どのような命にも従う。そう記されておるが、これは真か笠原よ」

秀吉への内通を示す揺るぎなき証拠に、家臣たちがざわめく。言葉にならぬ声の渦に晒されながら、政晴はうつむいたまま上座を見ようともしない。

「答えよ笠原」

冷然とした主の声が詰め寄る。

「氏直様……」

「御主は黙っていよ」

息子をかばおうとした憲秀を当主が止める。政晴から目を逸らした氏直は、標的を松田家の隠居に変え、言葉を紡ぐ。

「御主は先刻まで、父上になんと申しておった」

「そ、それは……」

「敵は長い戦に倦み疲れておる故、じきに兵を退く。それまでこのまま城に籠って戦うのだと申しておったな。御主に命じれば、秀吉の背を松田家の兵が襲うとも申しておったな」

「ぐ……」

返す言葉が見つからぬ憲秀は、肩を震わせ呻く。

「御主は何様のつもりだ。松田家の当主は御主ではない。この直秀であるぞ」

氏直に目をむけられても、直秀は微動だにしない。顔を伏せたまま、主と父のやり取りに耳を傾けている。

「松田家の兵を用いるのは御主ではない。直秀だ。いや……。そのようなこと、今更どうでも良い。御主は裏で秀吉殿と通じておきながら、籠城を続けさせようとした。北条家が滅んだ後に、みずからを秀吉殿に高く売るためであったのであろう」

「そのようなことは決して思うておりませぬっ！　某は先刻も申した通り、北条家と豊臣家の和睦のために、関白殿下との間に立てぬかと息子とともに思うて動いておっただけにござります。形になったところで、氏政様にも御伝えするつもりでござりました。ただ、それがまだ形になっておらなんだというだけで……」

「見苦しいぞ憲秀」

どこまでも氏直は冷たい。

熱を帯びる松田家の隠居の言葉に冷や水を浴びせかけた北条家の当主は、醒《さ》めた目をみずからの父へと移す。

「いかがですか父上」

悪足掻《わるあが》きする憲秀を虚ろな瞳で見下ろしている父を横目で見つめ、氏直が続ける。

「これが父上が御心を寄せておられた家臣の真の姿にござりまする。父上の機嫌を取るようなことばかり申し、他の家臣たちを戦に巻き込み、その裏では、みずからの身を守るために敵と密かに通じておった。これでもまだ、この男の申すことを御信じになられまするか」

不意に……。

邪な想いで対馬守の心に影が差した。

もしかしたら、氏直はすべてを見越していたのではないのか。松田家の内紛も、それを氏政が知らぬことも、すべて知ったうえで、今日の評定に臨んでいたのではないのか。

みずからの手に北条家の実権を摑むために。

だとしたら、対馬守たちの働きを氏直に語って聞かせた者がいる。

「半蔵か……」

口から声が零れ出した。忘我の裡につぶやくなど、数十年ぶりのことであったから、対馬守自身うろたえてしまった。周囲に目をやり、聞かれていないかたしかめる。誰も気に留めた者はいない。周りの同朋のことなど、誰も見ていなかった。上座で繰り広げられている北条家の騒乱だけが、皆の関心事であった。

服部半蔵が氏直を操っている。それはつまり、家康が裏で糸を引いているということであった。

「御答えなされよ父上。まだこの男のことを信じまするか」

塩舐め指の先を松田家の隠居にむけ、氏直が父に問う。

「父上」

氏政は答えられない。呆然と憲秀を見下ろしたまま固まっている。

秀吉がこの場にいたら、どうしているだろうか……。

思い切り両手を開き、何度も打ち鳴らしながら、声高に笑い、上機嫌で氏政に声を投げるだろう。

〝どうした氏政殿っ！　評定が始まった時よりも二十は年老いたように見えるぞっ！　うひゃひゃひゃひゃひゃひゃひゃ〟

反吐《へど》が出る。

余人を欺き、裏切り、時には己を信じていた者が真実を知って愕然とする面を見ながら殺すこともある。しかし対馬守は、誰かを陥れて喜悦を感じるような腐った性根は持ち合わせていない。その時、あくまで敵であったというだけ。殺した相手にみずからの情を託したことなど一度もない。だから、己をどのように思われようと、心は微塵も揺らがなかった。

それが忍の矜持だ。

「どうなされた父上。なにか申されたきことがあるのなら、この場ではっきりと申されよ」

息子に詰め寄られながら、氏政は憲秀だけを見つめ続けている。

「直秀」

「は」

主に名を呼ばれ、松田家の当主が頭を垂れる。

「父を屋敷に押し留め、部屋から一歩も出すでない。沙汰《さた》は追って申し渡す」

「氏直っ」

喉から絞り出したような哀れな声で己が名を呼ぶ父を一顧だにせずに、氏直が淡々と続ける。

「笠原」

みずからのことを呼ばれたのだが、政晴は虚ろな瞳で虚空を見つめたまま動かない。裏切り者の呆けた姿を、周囲の家臣たちが険しい顔付きで見守っている。

「敵と内通しておった御主を許しておくわけにはゆかぬ。御主が内通せねば、憲秀は敵に取り込まれることもなかったやもしれぬ」

それはわからない。

この場に集っている北条の臣のなかで、いったいどれだけの者が、みずからの命運を北条家とともにしようと思っているだろうか。城外の諸大名のいずれかと縁を持ち、秀吉に通じることができるのならば、誰もが主家を見限るであろう。

この戦の敗けは見えている。

豊臣に与する諸大名の陣中で兵たちが暴れ、逃げだす者が出ようとも、大勢が変わることはない。兵を損じようとも、諸大名が秀吉の許しなく退くことなどないし、秀吉が小田原の包囲を解くことなど有り得ないのだ。ここに集う者たちも、そんなことは百も承知なのである。承知でありながら、動けないのだ。声高に籠城戦を叫ぶ先代や憲秀を前にして、それに反対するだけの策を持ち合わせているわけでもない。対馬守が北条の臣という立場であったとしても、今のこの苦境を覆す策など見つかるはずもないのだ。

先代と憲秀が愚かなのではない。

勝ちを得る策などどこにもないのだ。だから臣たちは口をつぐんでいた。逃げることも戦うこともできぬならば、口を閉ざし耳を塞ぎ、貝となって時が過ぎ去るのを待つしかない。

皆、勝ち馬に乗りたいのだ。

現に、家康と縁のあった上野《こうずけ》の和田信業《わだのぶなり》や、箕輪《みのわ》城を守る北条氏邦家中の臣たちは、みずからの持場に火をかけた上で城を逃れている。

秀吉との繋がりを見いだせたのが、笠原政晴であったというだけのこと。いや、藤蔵が松田家に入り込んでいた。その一事を、己が務めを果たすための標《しるべ》にした対馬守の思惑が、親子の命運を翻弄しただけのことなのだ。

はじめから、城の外との縁などなかったのである。

もはや、北条家とその家臣が選ぶべき道はひとつしか残されていない。そして、北条家の主はすでにそれがわかっているのだろう。

腹を括っているのだ。

父や老臣よりも早く。おそらく、この場に集《つど》う誰よりも早く、氏直は秀吉と正面から相対する覚悟を定めたのだろう。

「御主を許すわけにはゆかぬ」

「殿っ！」

虚ろな目を幾度か瞬きさせて、政晴が叫びながら立ち上がった。

「も、もはやこの城は終わりじゃ……。だ、だから某は……」

「主家を捨て、密かに城を抜け出そうとしたのか」

「い、いや……」

「この者を捕えよ」

「殿っ！」

周囲の男たちが政晴の両脇に手を差し込んで動きを封じながら広間から去ってゆく。

政晴が見えなくなっても、氏直を呼ぶ声は聞こえていた。

十八

目が変わった……。

北条家の当主の寝間に二人きり。その部屋の主と相対している服部半蔵は、眼前にある氏直の瞳に宿る光を見定め、背筋を正した。

「婆様と義母上を殺したのは御主か」

わずかに細められた目で、半蔵を見据えながら氏直が静かに問う。

「違いまする」

嘘ではなかった。

本当に半蔵には身に覚えがない。

松田家の裏切りが暴かれた評定の四日前、氏政の生母である瑞渓院《ずいけいいん》と、氏政の後添えである鳳翔院《ほうしょういん》が同日、城のなかで死んだ。互いの胸を短刀で貫き、人知れず死んでいたらしい。静まり返った室内を不審に思った女中によって発見され、一時城内は騒然となった。

二人の弔いも満足に終わらぬ四日後の評定の席で、松田家の内紛が披瀝されたのである。

「父上はもはや使い物にはならん」

吐き捨てるように氏直が言った。

無理もない。

実母と後添えを同時に失い、そのうえ最も心を許していた家臣が密かに秀吉と通じ、それを実の息子が氏直に讒言《ざんげん》するという骨肉の争いを目の前で見せつけられたのだ。

「本当にお主ではないのだな」

「違いまする」

「忍……。だと思うか」

二人の死に忍が介在しているかと、氏直は問うている。

「わかりませぬ」

静かに答えた半蔵の耳に、鶏の鳴く声がどこかから聞こえて来た。

払暁《ふつぎょう》である。

縁廊下に接した障子戸《しょうじど》から漏れて来る薄明りに照らされた当主の顔は、うすら寒くなるほどに青ざめていた。

「婆様たちが身罷《みまか》られた際、血の海のなかで互いを抱くようにして死んでおられた御二方の前で、父上は言葉も発さず、一刻あまりも立ち尽くしておられた」

自害である。

忍による殺しでなければ、北条家の今を憂いての自死であろう。

「真に御主ではないのだな」

「神仏に誓って」

黒き布の隙間から覗く半蔵の瞳の奥をしばらく見つめていた氏直が、ちいさなため息を吐いて、こくりと顎を上下させた。

「豊臣方の忍はどうだ」

「あの猿ならばやるやもしれませぬ。が、やはりたしかなことは申せませぬ。ですが、松田家の諍《いさか》いに忍が絡んでいるのは間違いございませぬ。そしてそれは、秀吉が命じた忍が所業でありまする」

「憲秀と政晴を裏切らせたのは忍か」

「おそらくは直秀殿も……」

「直秀も裏切っておったというのか」

「いえ、直秀殿はあくまで殿への忠節を果たしたのでありましょう。が、直秀殿の忠義すらも、忍に利用された」

「うむぅ……」

目の前にいる男も忍であることに気付いた氏直が、覇気が満ちる瞳に猜疑の闇をちらつかせた。

「御主は、いったいなにを考えておるのだ」

どれだけ疑われようとも、半蔵は主に命じられた務めを全うするだけだ。心を閉ざそうとしている北条家の当主に、半蔵は今回の訪問の真意を率直に述べる。

「もはや氏政殿を拉致することは諦めまする。氏直様。あなた様が直々に城を御出になられ、秀吉殿への面会を求められませ」

「家臣たちを見捨てて、城を出ろと申すのか」

「見捨てるのではございませぬ。家臣たちの身を案じるが故に、城を出るのです」

「案じるが故に……」

「左様」

深く息を吸った氏直が、薄く尖った己の顎に手を当てて、虚空を見つめる。

「殿」

沈黙を破ったのは唐紙のむこうから聞こえてきた、氏直の臣の声であった。

半蔵は静かに部屋の隅にできた影に紛れる。それをたしかめてから、氏直は部屋の外の気配に声をかけた。

「どうした」

「すぐに本丸櫓へ御越しくださいませ。すでに御先代は櫓におられます」

「父上が櫓に……」

唐紙のむこうから聞こえる声に、動揺にも似た切迫した響きがあった。無言のまま、氏直が部屋の隅の影に視線を送る。目が合った半蔵は、うなずきを返す。

変事があったのは間違いない。

本丸櫓……。

屋敷の外か。

「わかった。すぐに支度をいたせ」

「はは」

唐紙のむこうの気配が立ち上がるより早く、半蔵は床板を上げ、闇に身を潜めた。

*

「父上っ！」

息子の声を階下に聞いた氏政は、力の入らぬ足を叩いて気合いを入れ、手摺《てすり》から手を放して振り返った。

「どうなされましたか父上っ！」

「う、氏直か」

階段を駆け上がってくる息子の名を呼んだ。

目の奥が熱くなる。

ぼろぼろぼろぼろ……。

涙が次から次へとあふれ出し、老いて乾いた氏政の頬を濡らしてゆく。

「氏直ぉ……」

足を前に出し、駆け寄る息子に手を伸ばす。

一歩、二歩……。

それだけで精一杯だった。腰から下に力がはいらない。

みずからの足で櫓を昇って来た。その時までは、たしかに氏政の足は、みずからの想いのままに動いてくれていたのだ。

頂に辿り着いて四半刻も経っていないというのに、足が思うように動かない。老いとはこれほど早く、人の力を奪ってゆくものなのか。

「父上っ」

目の前に倒れようとした父を抱き抱えんと、氏直が床を滑るようにして両手を広げた。薄い胸板に顔を付け、なんとか転ぶのを避けた氏政は、心配そうに見下ろす息子の視線から目を逸らすように、背後に顔をむけて櫓のむこうに見える早川山を指さした。

「あれじゃ、あれを見てくれ」

声がかすれている。

過日の評定まではそんなことはなかった。五十三という年になったとは信じられぬくらいに四肢には力がみなぎり、声には覇気が満ち溢れ、老いは己とは別のところにあったはずだった。

みずからで立てぬ父を抱えるようにしながら、氏直が櫓の柵のほうへと歩んで行く。

「まさか……」

どうやら息子も早川山に一夜にして現れたあれに気付いたようだった。

太腿に力を込め、なんとか息子の隣に並ぶ。腰あたりで途切れた柵を摑んでいなければ、前のめりになって櫓から落ちそうだった。そんな覚束《おぼつか》ない父の体をおもんぱかったように、氏直が背に手を触れる。本当ならば、余計なことをするなと怒鳴りつけて、振り払ってやるのだが、今日は息子の掌から伝わる温もりがなんとも心地よかった。

一人ではない……。

背中から沁みて来る息子の熱が、冷えて固まった氏政の心に温もりを与えてゆく。不意に涙が込み上げて、また泣きそうになった。

いや。

泣いた。

「うぉぉぉ」

緩んだ唇の隙間から、己でも驚くくらいの泣き声が漏れ出す。

止められないのだ。

体じゅうが緩んでしまっている。涙も鼻水も嗚咽《おえつ》も、氏政にはどうすることもできない。尿と便を垂れ流していないだけ、良かったとさえ思える。

そんな老いた父を気遣うことすら忘れて、息子が櫓の柵から身を乗り出すようにして、早川山を見つめていた。

天守閣が、早川山の頂あたりにそびえていた。

小田原城に天守はない。城の中枢である本丸の中央にあるのは、本丸屋敷である。物見の時には、本丸の廓内に築かれたこの櫓を使う。

それがどうだ。

はるか西方に見える山の上に、白壁と漆黒の瓦を幾層にも重ねて築かれた豪壮な天守閣がそびえているではないか。

「一夜城……」

呆然と天守閣を見つめる氏直がつぶやいた。

たしかに息子が言う通り、昨日まではあの山に天守などなかったはずである。あったならば、物見の兵から報せが入っている。そんなものはなかった。

天守はなかったのだ。

あの成り上がり者の猿には、語り継がれる武功がある。墨俣《すのまた》の地に一夜で城を築いたという荒唐無稽な武功だ。

氏政はそんな作り話は信じていなかった。今も信じてはいない。

目の前に見える天守も一夜で作ったはずがないのだ。覆っていた木々を切り払い、あたかも一夜でできたかのように見せただけなのだ。

そんなことはわかっている。わかっているのだが……。

息子のつぶやきに震える自分がいるのだ。

何故、秀吉は今日の今日まで、あの天守が築かれているのを秘したのか。築かれていく姿を何故、隠し続けてきたのか。

この日のためなのだ。

氏直が忘我のうちに口にした想いは、小田原にいるすべての者が、一度は頭に思い浮かべたであろう。

秀吉の一夜城。

理にまで思い至れば、それが荒唐無稽な話で、木々に隠して日数をかけて、密かに築いていたのだとすぐにわかる。が、長い間の籠城に疲れた、足軽はどうか。民はどうか。

敵は一夜で早川山に天守を築いてみせた。どれだけ力を尽くしてみても、そんな敵にかなうわけがない。

だから……。

母と妻は死んだのか。あのような城が無くとも、すでに母と妻は、北条の敗北を悟っていたのか。だから、互いの胸を貫いて死んだというのか。

憲秀も……。

口では景気の良いことばかり言いながら、裏で秀吉と通じていた。

北条は敗ける。

誰もがそう思いながら、この城に籠っていたのか。

知らぬは先代当主だけ。

「おぉぉぉ」

喉の奥から嗚咽が溢れだす。

「父上」

肩を抱かれ、氏政は息子の声を聞く。

「もう終わりです」

なにを言うか。

北条はまだ終わらん。

成り上がり者の猿になど、絶対に頭を垂れはせぬ。

心中でいくつもの言葉が渦巻くが、どれひとつ喉をせり上がって来てはくれなかった。

「北条は敗れたのです」

氏政の肩を抱く息子の手は小さく震えていた。

毎夜、寝所の障子戸のむこうから漏れてきていた篝火の明かりが、今宵は失せていた。

氏政は眠れぬまま虚ろに開いた瞳で、闇に沈んだ天井を眺めている。

抜け殻《がら》だ。

守る価値すらない。

眩《まぶ》しすぎて眠れぬからと息子に言って、隠居所を守る不寝番たちを遠ざけた。眠れぬのはたしかだが、明かりのせいではない。それどころか、隠居所の周囲に群れ集っていた気配が絶え、己の息の音まで聞こえる静寂のせいで気が冴えて、落ち着かない。

憲秀が裏切った評定の夜から、眠れていない。

もはや、誰が味方で誰が敵なのかわからなくなった。こうして褥に横になっている間に、また過日のように敵の忍が現れて、息の根を断たれるかもしれないのだ。いや、あの時はたしかに敵だった。城の外に群れ集う敵が放った忍であった。

だが、いまや氏政の命を狙うのは敵だけではない。

憲秀のように密かに秀吉と通じている家臣どもが、氏政の首を手土産《てみやげ》にして城を出ようと考えていてもおかしくはないのだ。氏政の首は、いまやこの城に籠る者にとって、秀吉の許しを得て命を長らえるための最上の道具なのであった。

目を閉じると、母と妻の抱き合った骸が瞼の裏に浮かび上がって、眠りに落ちるのを阻む。

瞼の裏に焼き付いた骸は、閉じた瞼をかっと開き、怨嗟が満ち満ちた瞳で氏政をにらみ、御主だけぬくぬくと命を長らえるなど絶対に許さぬと訴えかけてくる。

「眠れぬか」

天井を見つめる氏政の視界を、冷笑を浮かべた男の顔が覆った。

「小太郎」

男の名を呼ぶ。

「死にとうてたまらぬ。そんな顔をしておるぞ」

「殺しに来たのか」

「何故、俺が御主を殺さなければならぬ」

「誰に命じられた。息子か」

もはや風魔も信じられない。

「なにを言うておる。俺の主は御主ではないか」

抑揚のない風魔の頭領の声が、氏政の胸を締め付ける。

「殺して欲しいのなら命じろ。いますぐに楽にしてやる」

「まだ……」

言葉がうまく出て来ない。締め付けられた喉を開こうと、腹の底まで息を吸い込む。そんな主を、小太郎は冷笑を浮かべたまま眺めている。

息を整え、あらためて問う。

「まだ儂の頼みを聞いてくれるのか」

「無論」

有難い……。

家臣という存在をこれほどまでに有難いと思ったことは、氏政のこれまでの歩みのなかで一度としてなかった。

「小太郎、最後の頼みじゃ」

「なんだ」

「秀吉を……」

猿め。

あの成り上がり者め。

「殺してくれ」

絶対に許さぬ。

「承知した」

十九

拍子抜けするほどに、本丸屋敷までの道のりは安穏としたものだった。

数日前までは小田原の街を抜け、本丸の敷地へと入ると同時に周囲からひしひしと感じていた忍の気配が、奇麗さっぱり消え去っているのである。気を配らねばならぬのは、目に見えた警護の兵のみ。しかもそれも、数日前までよりも格段に減っていた。本丸屋敷のある廓の隣に位置していた隠居所が建てられた廓内に絶えず焚かれていた篝火もない。こちらの方は、朝がくるまで闇夜を照らし続けていたから、遠方からでも消えているのがわかった。

半蔵は本丸屋敷へ最短で辿り着くことができる石垣を昇り、そのまま塀を乗り越え、氏直の寝所へむかった。

寝ずの警護をしている近習たちの目を避けるため、軒下から潜り込み、床板を外して室内に入ると、氏直はまだ起きていた。灯火を消し、ひとり褥の上にあぐらをかいて、闇を見つめていた。

「半蔵か」

床の下から現れた闇に目をむけることなく、北条家の当主はつぶやいた。

「はい」

部屋の隅に片膝立ちになり、半蔵は静かに答えた。

「城があったわ」

早川山の木々が切り払われたのは、二日前の朝のことであった。あの時、半蔵は氏直の元にいた。近習たちが起こしに来る前の払暁を狙い、この部屋を訪れた時のことである。

「知っておったのか」

「は」

うなずく。

「そうか」

言って氏直はうつむき、あぐらの上に置いたみずからの掌をみつめて笑った。

「御主が敵方の忍であるのを忘れておった。徳川殿の飼い犬ならば、関白殿下の企みを知らぬ訳がないな」

どうして伝えてくれなかった……。

そんな言葉が、震える声の背後に潜んでいた。だが、それを口にするような図々しさは、聡明な北条家の当主にはない。

「知っておったところでどうなるものでもなかった。もしも、早川山に密かに城が築かれておるなどと父上に言上したとしても、なにを弱気なことを言っておる。そんな城が出来ようとも、北条家はびくともせぬわ。などと怒鳴られておったわ」

つい先日まで、北条家の実権はこの男の父にあったのである。松田憲秀の失墜と、早川山に築かれた城によって、氏政は完全に心を折られていた。政を主導するだけの気力が、先代にはすでに残されていない。そんな氏政の姿を目《ま》の当たりにした家臣たちは、先日の評定での憲秀たちに対する氏直の毅然とした態度に新たな当主の姿を見た。

「さすが、関白殿と申すべきか」

言って氏直は掌を見つめたまま笑った。

「幾重にも罠《わな》を張り巡らし、堅い殻に閉じこもっておった我等の腸《はらわた》を見事に食い散らかしてくれおった。城を囲まれてからは、我等が勝つための策はひとつとして思い浮かばなんだ。はじめから関白殿の掌の上で踊らされておったのだな我等は」

「何故……」

身の程をわきまえているつもりだ。

どうしても聞いてみたかった。

つもりなのだが。

「何故、愚直なまでに戦おうとなされておる父上を押し退け、みずから差配をなされなかったのです。氏直殿は、北条家の当主であられるはず。やりようはあったのではございませぬか」

氏政や憲秀のような籠城を強硬に主張する家臣たちを排除するための根回しを、この男ならば出来たはずだ。

優し過ぎたのか。

父や重臣たちを押し退けてまで、北条家の当主として強権を振るうことが、優しい氏直にはどうしても出来なかったのかもしれない。

「そういう家なのだ。北条という家は」

みずからの手を見つめたまま、氏直が自嘲気味につぶやいた。

「我が父も、爺様が生きておられた間は、家督を譲られてからも実権を握れなかった。父上が名実ともに北条家の当主になられたのは、爺様が身罷られた後のことよ」

氏政の父は、足利家の幕府権力を関東から放逐し、北条家の関東での盤石な基盤を築いた英傑である。その英傑の強大な力を、氏政は存命している間は払拭することができなかった。

「故に父もまた、生きている間は北条家の政を思うままにするつもりだったのだ。そして、家臣たちもまた、先代が政を行うことを疑いもしておらなんだのだ」

親子の因果、ということか。

「それに……」

寂しそうに氏直がつぶやく。

「父を差し置いて、儂が差配しておったとしても、関白殿には勝てなんだであろう」

「争うことはなかったのでは」

らしくない……。

こんなことをくどくどと言い募るなど、常ならばしない。

武士のことは武士が決める。忍は与えられた務めを果たすのみ。武士の思惑を忍が忖度すれば、必ず務めに支障を来す。武士の筋や道理など、忍には関係ないことなのだ。

それでも。

半蔵は氏直の答えを待つ。

「たしかに御主の申す通りかもしれん」

氏直が北条家の政を思うままに進めていたならば、上洛を求める秀吉に逆らうことなどなかったであろう。氏直は家康の娘婿である。家康のとりなしで、秀吉との面会はつつがなく果たされ、北条家は豊臣の臣となり、関東を統べる大大名として存続していたはずなのだ。

「許さなかったであろうな。父上は」

「しかし」

「それが北条家なのだ。もし、儂が当主として権を振るっていたとしても、上洛をすると儂が申したら、必ず父が止めたであろう。それこそ家をふたつに割るほどの勢いでな。そうなれば、北条家は割れる。そんな決断は儂には下せなかったはずだ。割れるくらいなら、父上に従っていたであろう。結局、この戦は避けられなかったのだ」

氏政が生きている限り……。

そして今。

氏政には殺すだけの価値すらなくなっている。

「今宵はなにをしにまいった」

掌から目を背けた氏直が、半蔵を見て問う。名実ともに北条家の当主となった若者の視線を真っ直ぐに受け止めながら、半蔵は静かに口を開く。

「戦を終わらせるために参上仕りました」

「儂を連れ出すか」

「我が主の言葉を御伝えいたしたい」

「申せ」

氏直の許しを受け、半蔵は短い礼の後、家康の言伝を舌に乗せた。

「もはや氏政殿が頭を垂れたとて、関白殿下は北条家を御許しにはなられませぬ。北条家が生き残るには、氏直殿みずからが城を出られ、関白殿下への服従を身をもって示すのみかと存じまする。氏直殿は北条家の御当主にあられる。当主が密かに城を出て、敵に降ったとなれば、残された家臣たちの立つ瀬がござりませぬ。評定にて、氏直殿みずからが家臣たちを説き伏せ、家臣同意の上で城を出られるならば、この家康、命に代えても氏直殿を無事に関白殿下の元へと御連れいたしまする」

一気に語り終え、半蔵は頭を垂れた。目を閉じ、静かに聞いていた氏直も、誰にともなく頭を垂れる。

「父上は……。どうなるかの」

「さて。某にはわかりませぬ」

氏直が城を出て秀吉に屈服し、それで氏政が許されるとはどうしても思えなかった。この戦の元凶は、氏政の強情にあるのである。氏政が素直に上洛し、秀吉に屈服していれば、北条家を滅亡の危機に陥れるようなこともなかったはずだ。

「それよりも、いまは御自身のことを案じられた方がよろしいのでは」

「儂はどうなってもよいのだ」

毅然と答えた氏直の声にいっさいの揺らぎはなかった。この男は、すでにみずからの命を投げうつ覚悟を定めているのだ。

「家康殿に御伝えくだされ。かならずや家臣の承服を得て、城を出まする。その時は、我の身柄、家康殿に御任せいたしまする、と」

「承知仕りました」

*

敵だ。

広間に居並ぶ家臣たちと、氏直たちを隔てるように、二人の男が座していた。

上座に並んでいる。

隣で父が震えていた。

「まずは、我等を城内に御引き入れくださったこと、御礼申し上げまする」

そう言って深々と頭を下げた男のにやついた顔にきざまれた黒い染みが、氏直の目についた。片方の足を引きずりながら広間に入ってきたこの男は、秀吉の腹心中の腹心である。

黒田官兵衛孝高といえば、知らぬ者はいない。播磨《はりま》の小国人であった頃に、まだ織田家の臣であった秀吉の才を見込んで中国攻めの拠点としてみずからの城を明け渡し、それからも知恵者としていくつもの天下取りの戦に従った秀吉の懐刀《ふところがたな》である。

そしてもう一人。

織田信雄の臣、滝川雄利《たきがわかつとし》だ。

かつての織田家の腹心、滝川一益《かずます》の縁者であった雄利は、秀吉から羽柴の姓を与えられるほど、秀吉に近い男である。

四十半ばの二人の敵将は、秀吉の命を受けて小田原城を訪れていた。

「韮山城も落ちましてな……。北条家の城でまだ我等に歯向かっておるのは忍城《おし》のみとなり申した。韮山城を守っておられた北条氏規殿も、小田原の我等が陣所へと投降いたし申した」

「う、氏規が……」

「はい」

うわごとのように弟の名をつぶやいた父に、官兵衛が笑みのままうなずきを返した。

父の弟である氏規は、強硬に上洛を拒む父に代わってみずから京に上って秀吉に会い、北条家と豊臣家の間に立って根気強く交渉に努めてくれた。最後まで戦を避けようと奮闘していたが、その願いも叶わず、韮山城の守備を父に命じられて小田原を去っていった。四ヵ月もの抵抗の末に、叔父は城を明け渡したのである。

その北条家への忠節に、氏直は自然と頭を垂れた。

「すでに伊達や最上などの奥羽の大名衆も、関白殿下の臣となることを誓うておられますする。もはや、北条家に与する大名は一人もおりませぬ」

そんなことは、敵に言われずとも知っている……。

喉の奥まで出かかった言葉を氏直は飲み、隣で震える父に目をむけた。

小さくなった。

驚くほどに。

松田憲秀親子の裏切りを知った評定から八日あまりしか経っていないというのに、すっかり老け込んでしまった。覇気で膨らんでいた体は萎《しぼ》んでしまい、半分ほどにまで縮んだように見える。このような体では、馬に乗ることすらも覚束ないのではないかと心配したくなってしまうほどに、父の体は老いてしまっていた。

いま、いきなり隣で氏直が腹の底から叫んだら、短い悲鳴をひとつ吐いて泡を噴いて死んでしまうのではないかと心配になる。息も絶え絶え。いまの父の姿は、北条家の現状なのだと、氏直は思う。

いや……。

はじめから、この程度だったのかもしれない。

北条家は父だったのだ。

威勢と傲慢という名の分厚い殻で身を覆い、余人にみずからを何倍にも大きく見せていたが、その分厚い殻を割ってしまえば、卑屈なまでに矮小で哀れな老人がいる。関東の雄などと声高に叫んでいたが、北条家も所詮はその程度だったのかもしれない。

威勢と傲慢さで、秀吉を成り上がり者の猿と見下げた結果、己を守っていた分厚い壁を力ずくで剝がされてしまったのだ。

救いようがない。だが、それで良い。無様で救いようがないみずからを、居並ぶ家臣たちに晒すのだ。それしか、この不毛な戦の決着をつける術はない。

「どうでござろう。そろそろこの戦、終わりにいたしませぬか」

人の懐に気安く入ろうとするような、力の抜けた声で官兵衛が問う。滝川雄利は、口を真一文字に引き結び、頰を緩めようともしない。広間に入ってきてから笑みを絶やさぬ官兵衛と、一度も笑わぬ雄利が左右に並んで親子を見据えている。

官兵衛はこちらの答えを聞く気がないように、良く回る舌を存分に動かす。

「我が本陣に投降なされた氏規殿も、御両名に開城を御勧めになられておりまする」

弟がなにを言おうが、儂は儂じゃっ！　城は絶対に明け渡さぬっ！

十日前の父であったなら、そう言って二人を城から追い出したはずである。いや、そもそもこんなところまで招じ入れはしなかっただろう。そんな父の味方であった、憲秀もいまはこの場にいない。講和を勧める使者の言を止める者は、いまの北条家の臣には一人もいなかった。

「く、黒田殿……」

唐突に父が声を発したことに驚いた、氏直は思わず隣に目をやった。震える右手を虚空に差し伸べながら、前のめりになった父が官兵衛を真っ直ぐに見つめたままゆるゆるとした口調で言葉を紡《つむ》ぎ出した。

「ほ、北条家が関白殿下に頭を垂れた後……。所領はどうなるのでござりましょうや。わ、和睦であるならば、我等が城を明け渡すための条件がござりましょう。ほ、北条家の領国はどれほど削られることになるのでしょうや。それを御聞かせいただけねば、門を開くことはできませぬ」

事ここに及んで……。

氏直は呆れて物が言えない。

父はなおも北条家が存続すると思っているのだ。秀吉が北条家に頭を下げて、和睦を願っているとでも思っているのか。そんなわけがないではないか。

負けたのだ。

北条家は。

「さて……。それは、なんとも……」

官兵衛の笑みに嘲《あざけ》りの影が差す。無理もない。この期に及んで、よもや領国の交渉を求められるとは思っていなかったのだ。

官兵衛は和睦などという言葉は一度として吐いていない。戦を終わらせる。開城。穏やかな口調で言ってはいるが、要は敗けを認めろと言うのだ。

「どうなのじゃ黒田殿……。ほ、北条は……」

「父上っ！」

思うよりも先に氏直は叫んでいた。体が勝手に動き、腰を浮かせ、父の両肩をはさむようにして左右の手でつかんでいる。その時になって、使者から目を逸らし父を見下ろしていることに気付いた。しかしもう、戻ることはできない。

現実を知らしめるのだ。

老いた父に。

「北条は敗れたのですっ！　もはや我等に領国などござらぬ。北条家はこれで終わりなのですっ！」

父だけではない。家臣たちにも聞かせてやった。

北条家の当主が敗けを認めたのだ。

もう戦は終わりだ。

「官兵衛殿」

骨張った肩を投げ出して、父から目を逸らし、秀吉の使者と正対した。背筋を伸ばし、正面から官兵衛の笑みを見据える。

とっくの昔に腹は据わっているのだ。迷いはない。

晴れやかだった。北条家の家督を継いだ時から常に心を覆っていた暗き闇が、すっかり晴れ渡っている。北条家が潰《つい》えるというその時になって、氏直ははじめて当主として思うがまま振舞えていた。

「北条氏直、この城を出て、関白殿下の御前にてみずからの非礼を詫びたいと思うが、如何でありましょうや」

「ご、御当主みずから、城を出られると申されるか」

「氏直っ」

「父上は黙っていてくだされ」

官兵衛との問答に割って入ろうとした父に牽制の声を吐いた。息子からのはじめての恫喝《どうかつ》にひるんだ父が、腰を抜かして上座の畳にへたり込んだ。氏直はそれを視界の端に認めながらも、官兵衛を見据えて言い募る。

「私の命でどうか、この城の者たちを御救いくだされ。今度《こたび》の戦の罪の一切は当主である私にありまする。それを、関白殿下に直接御話しいたしたいと存じまする」

それまで笑っていた官兵衛の頬が不意に引き締まり、不自由な足をゆっくりと動かし、両手を床につけて上座にむかい深々と頭を垂れた。

「氏直殿の御覚悟、痛み入り申した。某の身命に懸けて、かならずや関白殿下に氏直殿の御言葉を一言半句違えることなく伝えることを誓いまする」

「何卒、御頼み申しまする」

これより十一日の後、氏直は家康の差配により弟の氏房とともに滝川雄利の陣に投降した。頭を丸め、出家の意志を示しての、走り入りであった。


「何故っ！　何故にござりまするかっ！」

下座にただ一人座らされた氏直は、そう叫んで坊主頭を床に叩きつけた。

怒りが無数の毒蛇となって総身を駆け巡っている。

「何故、何故……」

食い縛った歯の隙間から嗚咽のごとき言葉が漏れる。

「みずからの命をもって、城内の者を救って欲しいという御主の心掛けは天晴《あっぱれ》じゃ。

儂も其方のような武士を殺しとうはない」

床に額を打ち付けたまま震える氏直の背に、老いた手が触れた。

猿……。

関白秀吉は、神妙な声で続ける。

「じゃが、この戦の責は誰かに負うてもらわねばならぬ。御主の命を助けるためには、誰かに死んでもらわねばなるまい」

「だからといって父を……」

顔を振り上げ秀吉を見上げる。噂のような猿顔とは、氏直には思えなかった。小柄な体に乗った頭だからたしかに小ぶりではある。貧相でもあるが、猿とは程遠い気がした。引き締めた唇の隙間から前歯の先が覗いている。

鼠……。

ふと思った。

鼠を思わせる顔を沈痛なまでにゆがめ、氏直の心の裡をおもんぱかるような面持《おもも》ちで、秀吉が言を重ねる。

「今度の戦を主導しておったのは、御主の父であったはずじゃ。違うか」

「それは……」

「籠城を主張しておった松田憲秀は、北条家を裏切っておったというではないか」

抗弁できなかった。

「この戦を望んだ氏政、一門衆筆頭の氏照《うじてる》、そして宿老の松田憲秀と大道寺《だいどうじ》政繁《まさしげ》。この四人の命にて、他の者の罪を許すのだ。御主だけではない。小田原城に籠る者たちの命をだ。戦を主導した者が罪を問われるのは、当たり前のことではないか。御主が被ることはないのだぞ氏直」

「しかし……」

納得がいかない。

父たちを殺すのならば、なぜ半蔵は氏政の拉致を諦めたのか。どうして殺さなかったのか。

どうして。

氏直の決断を迫ったのか。

「家康殿は其方を生かしたかったのじゃ。最後の最後まで」

心を見透かしたかのように、秀吉が耳元でささやく。

「娘婿である御主を家康殿は死なせたくなかったのだ。家康殿は儂の妹婿じゃ。その家康殿の娘婿であるならば、其方は儂の縁者でもある」

「ならば、我が父は……」

「何事にも限度というものがあろう。際限なく縁を辿れば、この世から争いなどというものはなくなろう。が、そうはいかぬのが人の情というものよ。御主は助ける。が、その父は許さぬ。それが儂と家康殿の情というものよ」

「しかし……。しかし」

「どれだけ御主が望もうとも、この決定は覆らぬ。諦めよ」

もはや城に戻ることのできぬ氏直には、どうすることもできなかった。

*

泣いている。

男が。

床に額を擦りつけながら、まるで童のように。

早川山の天守内広間にて開かれる、秀吉と北条家の当主の面談に同席する豊臣家の家臣たちの末席に、出浦対馬守は紛れ込んでいた。

終わった。この戦においてのすべての務めが。

今日、秀吉と氏直の面談が叶い、北条家の敗北が決定した。北条家の先代、北条氏政と一門衆筆頭の北条氏照、そして宿老の松田憲秀と大道寺政繁の切腹を以《もっ》て、この戦は落着する運びとなった。

松田憲秀……。

この名には対馬守にも、それなりの想いがあった。

松田家の内紛を評定の席で明らかにしたことが、氏政の心を崩壊させる一因となった。この一件を対馬守は秀吉に命じられて主導した。

無事に役目を果たせたことに、いまは少しだけ胸を撫で下ろしている。

氏直との面談が終った後、わずかの間、秀吉との面会が許されていた。この面会が終れば、対馬守はふたたび真田昌幸の臣に戻る。

ひとつの務めが終ったただけだ。感慨もなにもない。昌幸の元に戻れば、すぐになにか申しつけられるだろう。忍城も、小田原城の開城を知って、門を開いたらしい。

戦は終わる。

この国から戦が無くなるのだ。

だが……。

それは陽の当たる戦のことだ。闇の裡での争いは、武士がいる限り終わらない。どれだけ秀吉に表立った戦を禁じられようと、欲深い大名たちが領地への欲を失うことはない。弓や槍を用いた戦いが終っただけで、戦は続く。

そしてその影の戦における兵は、対馬守をはじめとした忍たちなのである。

気が重くなる……。

「わかってくれるな」

秀吉が氏直の背を叩いて、穏やかに告げた。泣き続けている氏直は、力無くうなずき、わずかに頭を上げた。

その時だ。

天井が割れた。

すでに対馬守は動いている。秀吉と氏直が異変に気付いて真上に顔を向けた時には、手を伸ばせば二人に届くところにまで、駆け寄っていた。

割れた天井から血の雨が降る。

秀吉と氏直が全身を血で濡らす。

氏直の背に手を置いたままの秀吉を、対馬守は思いきり蹴り飛ばした。

秀吉が立っていた場所に闇が舞い降りる。

どっ……。

鈍い音が床板で鳴った。刃が突き立っている。闇が突き立てた刀だった。

「ひっ、ひぃぃぃぃっ」

さっきまで泣いていた氏直が、声を絞り出して尻を滑らせるようにして後ずさる。

が、床から刃を引き抜いた闇は、北条家の当主のほうなど見ていない。

「皆で、関白殿下を御守りするのだっ！」

対馬守は叫びながら、闇へと飛び掛かる。

「ちぃっ！」

背後から迫る対馬守の気配を悟った闇が、振り返りながら刃を斬り上げた。とっさに立ち止まった対馬守の鼻先を切っ先が走り抜ける。

間一髪。

闇の背後で腰を抜かす秀吉に、幾人もの家臣が覆いかぶさる。

「無駄……」

つぶやいた闇が、対馬守に背を向けて、家臣の山へむかって刀を振り上げる。

家臣ごと貫くつもりだ。

秀吉と氏直の面会の席である。家臣たちに帯刀は許されていない。もちろん、対馬守も太刀は預けている。

だが……。

袴に隠れた太腿に、直刃《すぐは》の小刀を括りつけていた。いついかなる時も身を守る得物だけは手放さないことにしている。しゃがんで裾から手を差し入れ、すばやく太腿の小刀を鞘から引き抜く。そして、しゃがんだままの足を思い切り伸ばして、闇めがけて跳躍した。

家臣が作る山に闇が刃を突き入れる。鈍い声がいくつも聞こえた。それでも闇は躊躇なく、人の山のなかに刃を突き入れてゆく。その中心に、秀吉がうずくまっているはずである。

対馬守は小刀を逆手に持って、闇の背中を斜めに切り裂いた。

尖った音とともに、堅い物に切っ先が当たった感触が柄から伝わる。

裂けた墨染めの衣の隙間から、鈍色《にび》の鎖の群れが覗いていた。鎖帷子《くさりかたびら》を着込んでいる。忍ならば当然かと思いながら、対馬守は斬り降ろした刃を虚空で翻して、背後から闇の喉仏を狙って小刀を差し入れる。

人の山に刀を突き入れていた闇がさすがに手を止めて、しゃがむと同時に、背後に立つ対馬守の脇を潜り抜けるように背を丸めながら床を転がった。

刀は人の山に突き立ったままである。

視界から消えた闇を追うように、対馬守は振り返った。

広間の中央、裂けた天井から降って来た血の池のなかに闇が立っている。良く見れば、降って来たのは血だけではなかった。無数の首が闇の周囲に転がっている。どうやら、この天守を守っていた忍の首のようだ。闇は、警護の忍を殺しながら、この広間まで辿り着いたようである。

「何者だ」

逆手に小刀を握りしめたまま、対馬守は闇に問う。

奇妙な顔をした男だった。

男は顔を布で覆ってすらいない。警護の忍たちの血で真っ赤に染まった顔は面長《おもなが》で、唇が異様なまでに裂けていた。

笑っている。

裂けた唇が吊り上がり、その隙間から上下二本ずつ、計四本の牙が覗いていた。

大きい。

対馬守より頭ひとつぶん、いやそれ以上に大きい。七尺に迫ろうかというほどの背丈である。そのうえ、鎖帷子をまとっていてもわかるほどに、たくましい肉が幾重にも総身に張り付いて、瘤《こぶ》を成していた。恐ろしいまでに雄大な体軀のうえに、四肢が異様に長い。

「化け物か……」

思わず対馬守はつぶやいていた。その言葉を聞いて、闇がいっそう口の端を吊り上げる。

「風魔か」

「退け下郎」

異様に長い足を無遠慮に一歩進めながら、闇が吐き捨てた。別段声を張ったようには思えなかったが、闇の声は広間の壁を揺らすほど派手に轟《とどろ》いた。

刃を構える対馬守へと、闇が小細工無しに一直線に間合いを詰めて来る。対馬守の小刀の間合いの裡へ、闇が入った。

「ふっ」

短い呼気とともに対馬守は腰を落とし、闇にむかって小走りで近寄る。

逆手に持った小刀で、目の前の喉を横に切り裂く。

闇が体をわずかに仰け反らせて避ける。

もちろんそんなことは承知の上だ。横に薙《な》いだ刃を虚空で止め、切っ先で、眼前の脇腹を突く。

闇は避けようともしない。
当たり前だ。あの脇腹は鎖帷子で守られている。
脇腹に迫る腕を搦め捕ろうと、闇が左腕を小さく振り上げた。
小刀は脇腹に届いていない。誘ったのだ。はなから脇腹を刺す気はない。
上がった左腕の手首にむかって、脇腹を突こうとしていた小刀を振り上げる。
「ははっ」
短い笑い声が聞こえた。闇が笑ったのだ。
手首が無い。
軌道を悟った闇が避けたのだ。
それでも刃は止めない。間髪容れず切っ先で喉をえぐる。
血飛沫《ちしぶき》が舞った。
首を抑えて闇が数歩後ずさる。
止まらない。
追う。
足がもつれた。
顔から床に倒れる。

いや……。

倒れていた。

いつからだ。

手首を狙った時……。

避けられたのではない。

殴られたのだ。

狙っていた手首と別の方の拳で。

気付いた刹那、対馬守は我に返った。仰向けに倒れていた体を、横に回転させて、床を転がる。

「ちっ」

舌打ちが聞こえた。

さっきまで対馬守が寝ていた場所を、さっきまで対馬守が握っていた小刀が貫いた。

「しぶといな」

床を貫いたまま、闇が笑った。が、対馬守を闇が見ていたのはその一瞬だけ。闇は対馬守から目を逸らして、駆け出した。

秀吉だ。

思ったが、したたかに顎を殴られ朦朧としたままの対馬守は、足がもつれて立ち上がれない。もう一度仰向けになり、人の山のなかから這い出ようとしている秀吉の姿を視界の正面に捕らえ、両手を床について起き上がろうとする。

「関白殿下っ」

叫ぶが、対馬守自身はどうすることもできない。

秀吉と闇の間をさえぎるように、さっきまで山になっていた家臣たちが壁となる。

そんなもの闇には紙一枚ほどの隔たりにもならない。得物を持たぬ家臣たちが、対馬守が秘していた刃で次々と斬られてゆく。

闇が貫いた屍《しかばね》が折り重なっている。

骸の中から手が一本突き出した。

秀吉が逃げる。

闇が追う。

骸から突き出た手が、闇が家臣たちの山に突き入れたままにしていた太刀の柄を握った。

「ははっ！」

短い笑い声とともに、闇が小刀を振り上げた。

「小太郎っ！」

太刀をつかんだ骸が、秀吉の前に立ちはだかって、小刀を止めた。

「半蔵か」

秀吉の前に立ちふさがった骸を見下ろした闇が言った。

小太郎……。

二人の間に割って入った時、骸はたしかにそう言った。そして、小太郎と呼ばれた闇は、骸のことを半蔵と呼んだ。

少しずつ四肢に力が蘇ってきた対馬守は、震える両腕で床を押しながら、体を起こしてゆく。たしかに、小太郎の刃を太刀で受け止めている男の顔は、小田原城のなかで見た半蔵のものだった。

「殺したはずだ」

小太郎と呼ばれた闇が小刀を押しながら告げる。

「服部半蔵は何度でも黄泉返《よみがえ》る」

太刀で受けながら半蔵が答える。その背後で、秀吉が肩越しに小太郎を見上げながらがくがくと震えていた。

「小太郎……。御主は風魔小太郎なのか。ならば、その刃を引いてくれ。我等は……。北条家は敗れたのだ」

腰を抜かし、呆然と男たちをながめていた氏直が力無い声で言った。小太郎は半蔵とにらみ合ったまま、恐ろしいまでに口の端を吊り上げた。

「北条の当主か。もはや俺は北条の飼い犬ではない」

言いながら小刀に力を込め、半蔵がかかげる太刀を押してゆく。

氏直と小太郎の問答を耳にした秀吉が、己が身を守る半蔵の肩越しに声を投げる。

「お、御主は忍であろう。北条の犬ではないとうそぶくのであれば、何故儂の命を狙うのだ」

「さぁ……」

言って小太郎が笑う。

長い右足が持ち上がり、半蔵の鳩尾《みぞおち》を小太郎の膝が打った。

あれだけの雄々しい巨体である。おもむろに振り上げただけのように見えた膝だが、半蔵にとっては強烈な一撃であった。徳川家屈指の忍の体が面白いように宙に舞う。

無防備な半蔵を、小太郎は見ていない。

振り上げたままの足を、ひらりと器用に回して浮いている半蔵の体を横から蹴りつけた。凄まじい勢いのまま、伊賀の忍が床に叩きつけられる。

小太郎は秀吉を見つめ、ずいと間合いを詰めた。

両者を隔てる物はなにもない。

秀吉は無手、小太郎は小刀を携えている。

「小太郎っ！」

叫び、対馬守は駆けた。

「そこの者っ！」

床でうずくまる半蔵が太刀を放る。

小太郎が小刀を静かに突き出す。

秀吉の喉へ。

太刀を受け取った対馬守は、勢いのまま小太郎の首に刃を振るう。

届け。

「うぉぉぉぉぉっ」

「ひぃっ！」

小刀から逃れるように、猿がその俊敏さを遺憾なく発揮して、後方へとひらりと跳んだ。その動きは、忍である対馬守ですら目を見張るほどの軽やかさであった。不意を突かれた小太郎は、喉を貫いたという確信を抱いたまま、目の前から秀吉が消えたということを信じられずにいる。いや、悟ってすらいない。

間に合った。

対馬守が振った太刀が、闇の喉を捉える。

いない。

秀吉の背後の唐紙が左右に開き、抜き放たれた太刀を握りしめた男たちが殺到し、主を囲む。

両手で太刀を握りしめたまま、対馬守は小太郎を探す。

いた。

血の池の只中に。無数の忍の首のなかに立ち、秀吉を見つめながら笑っていた。

「その首は俺の獲物だ。俺が狩りに来るまで、誰かに狩られるでないぞ」

「ま、待てっ」

叫んだ対馬守を小太郎が見た。

かすかに視線が交錯《こうさく》する。

笑った……。

吸い込まれるようにして天に開いた闇のなかに消える刹那、小太郎はたしかに対馬守を見ながら笑った。

「風魔小太郎」

天井に開いた闇を見上げながら、対馬守はつぶやいた。

半蔵はどうした。

ふいに伊賀の忍が気になって、先刻半蔵が太刀を放ったところに目を移す。徳川家の忍はいつの間にか姿を消していた。

対馬守だけが広間に残された。

「対馬守よ……」

四方を男たちに守られながら、秀吉が近づいて来る。小刻みに体が揺れていた。

「終わったのか」

問う関白の声が震えている。

「ひとまずは……。というところでありましょう」

答えた対馬守の目は、餓狼《がろう》が残した天井の闇に捕らわれたままであった。

○主な参考文献
『敗者の日本史10　小田原合戦と北条氏』黒田基樹著　吉川弘文館刊
『戦国北条家一族事典』黒田基樹著　戎光祥出版刊
『北条氏滅亡と秀吉の策謀　小田原合戦・敗北の真相とは？』森田善明著　洋泉社刊
『歴史群像　名城シリーズ8　小田原城』学習研究社刊
『江戸時代選書2　忍びと忍術』山口正之著　雄山閣刊
『戦国忍者列伝　80人の履歴書』清水昇著　河出書房新社刊
『戦国 忍びの作法』山田雄司監修　G.B.刊

本書は文庫書下ろし作品です。

|著者|矢野 隆　1976年福岡県生まれ。2008年『蛇衆』で第21回小説すばる新人賞を受賞。その後、『無頼無頼《ぶらぶら》ッ！』『兇』『勝負《ガチ》！』など、ニューウェーブ時代小説と呼ばれる作品を手がける。また、『戦国BASARA3　伊達政宗の章』『NARUTO－ナルト－　シカマル新伝』といった、ゲームやコミックのノベライズ作品も執筆して注目される。'21年から始まった「戦百景」シリーズは、第４回細谷正充賞を受賞するなど高い評価を得た。また'22年に『琉球建国記』で第11回日本歴史時代作家協会賞作品賞を受賞。他の著書に『清正を破った男』『生きる故』『我が名は秀秋』『戦始末』『鬼神』『山よ奔《はし》れ』『大ぼら吹きの城』『朝嵐《あさあらし》』『至誠の残滓《ざんし》』『源匣記《げんこうき》　獲生伝《かくしょうでん》』『とんちき　蔦重青春譜』『さみだれ』『戦神《いくさがみ》の裔《すえ》』『覚悟せよ』および『THE LEGEND & BUTTERFLY』（ノベライズ）などがある。

籠城忍《ろうじょうしのび》　小田原《おだわら》の陣《じん》

矢野《やの》 隆《たかし》

© Takashi Yano 2025

2025年１月15日第１刷発行

発行者――篠木和久
発行所――株式会社　講談社
東京都文京区音羽2-12-21　〒112-8001
電話　出版（03）5395-3510
　　　販売（03）5395-5817
　　　業務（03）5395-3615

Printed in Japan

講談社文庫

定価はカバーに
表示してあります

KODANSHA

デザイン―菊地信義
本文データ制作―講談社デジタル製作
印刷―――株式会社KPSプロダクツ
製本―――株式会社国宝社

落丁本・乱丁本は購入書店名を明記のうえ、小社業務あてにお送りください。送料は小社負担にてお取替えします。なお、この本の内容についてのお問い合わせは講談社文庫あてにお願いいたします。
本書のコピー、スキャン、デジタル化等の無断複製は著作権法上での例外を除き禁じられています。本書を代行業者等の第三者に依頼してスキャンやデジタル化することはたとえ個人や家庭内の利用でも著作権法違反です。

ISBN978-4-06-538198-4

講談社文庫刊行の辞

二十一世紀の到来を目睫に望みながら、われわれはいま、人類史上かつて例を見ない巨大な転換期をむかえようとしている。

世界も、日本も、激動の予兆に対する期待とおののきを内に蔵して、未知の時代に歩み入ろうとしている。このときにあたり、創業の人野間清治の「ナショナル・エデュケイター」への志を現代に甦らせようと意図して、われわれはここに古今の文芸作品はいうまでもなく、ひろく人文・社会・自然の諸科学から東西の名著を網羅する、新しい綜合文庫の発刊を決意した。

激動の転換期はまた断絶の時代である。われわれは戦後二十五年間の出版文化のありかたへの深い反省をこめて、この断絶の時代にあえて人間的な持続を求めようとする。いたずらに浮薄な商業主義のあだ花を追い求めることなく、長期にわたって良書に生命をあたえようとつとめるところにしか、今後の出版文化の真の繁栄はあり得ないと信じるからである。

同時にわれわれはこの綜合文庫の刊行を通じて、人文・社会・自然の諸科学が、結局人間の学にほかならないことを立証しようと願っている。かつて知識とは、「汝自身を知る」ことにつきていた。現代社会の瑣末な情報の氾濫のなかから、力強い知識の源泉を掘り起し、技術文明のただなかに、生きた人間の姿を復活させること。それこそわれわれの切なる希求である。

われわれは権威に盲従せず、俗流に媚びることなく、渾然一体となって日本の「草の根」をかたちづくる若く新しい世代の人々に、心をこめてこの新しい綜合文庫をおくり届けたい。それは知識の泉であるとともに感受性のふるさとであり、もっとも有機的に組織され、社会に開かれた万人のための大学をめざしている。大方の支援と協力を衷心より切望してやまない。

一九七一年七月

野間省一

講談社文庫 最新刊

泉 ゆたか
うぬぼれ犬
〈お江戸けもの医　毛玉堂〉
動物専門の養生所、毛玉堂は今日も大忙し。女けもの医の登場に、夫婦の心にさざ波が立つ。

矢野 隆
籠城忍《しのび》
〈小田原の陣〉
籠城戦で、城の内外で激闘を繰り広げる忍者たちの姿を描く、歴史書下ろし新シリーズ！

新美敬子
猫とわたしの東京物語
上京して何者でもなかったあのころ、癒《いや》してくれたのは、都電沿線で出会う猫たちだった。

山本巧次
戦国快盗　嵐丸
〈朝倉家をカモれ〉
張りめぐらされた罠をかいくぐり、天下の名茶器を手に入れるのは誰か。〈文庫書下ろし〉

講談社タイガ
紺野天龍
神薙虚無《かんなぎうろむ》最後の事件
〈名探偵倶楽部の初陣〉
人の数だけ真実はある。紺野天龍による多重解決ミステリの新たな金字塔がついに文庫化！

講談社文庫 最新刊

五十嵐律人
幻告
裁判所書記官の傑《すぐる》。父親の冤罪《えんざい》の可能性に気が付き、タイムリープを繰り返すが――？

吉田修一
昨日、若者たちは
香港、上海、ソウル、東京。分断された世界で今を直向《ひたむ》きに生きる若者を描く純文学短編集。

小手鞠るい
愛の人 やなせたかし
アンパンマンを生み「詩とメルヘン」を編み、多くの才能を育てた人生を名作詩と共に綴《つづ》る。

高橋克彦
写楽殺人事件〈新装版〉
東洲斎写楽は何者なのか。歴史上の難問が連続殺人を呼ぶ――。歴史ミステリーの白眉！

松本清張
草の陰刻(上)(下)〈新装版〉
地検支部出火事件に潜む黒い陰謀。手段を選ばず、過去を消したい代議士に挑む若き検事。

講談社文芸文庫

金井美恵子
軽いめまい
解説＝ケイト・ザンブレノ　年譜＝前田晃一
郊外にある築七年の中古マンションに暮らす専業主婦・夏実の日常を瑞々しく、シニカルに描く。二〇二三年に英訳され、英語圏でも話題となった傑作中編小説。
978-4-06-538141-0
かM6

加藤典洋
新旧論　三つの「新しさ」と「古さ」の共存
解説＝瀬尾育生　年譜＝著者、編集部
小林秀雄、梶井基次郎、中原中也はどのような「新しさ」と「古さ」を備えて登場したのか？　昭和の文学者三人の魅力を再認識させられる著者最初期の長篇評論。
978-4-06-537661-4
かP9

講談社文庫 目録

講談社文庫 目録

三津田信三　忌《い》物《ぶつ》堂《どう》鬼《き》談《だん》
道尾秀介　カラスの親指 〈by rule of CROW's thumb〉
道尾秀介　カエルの小指 〈a murder of crows〉
道尾秀介　水の柩
深木《みき》章子《あきこ》　鬼畜の家
湊かなえ　リバース
宮内悠介　彼女がエスパーだったころ
宮内悠介　偶然の聖地
宮乃崎桜子《みやのさきさくらこ》　綺《き》羅《ら》の皇女《ひめみこ》(1)
宮乃崎桜子　綺羅の皇女(2)
三國青葉　損料屋見鬼《けんき》控え 1
三國青葉　損料屋見鬼控え 2
三國青葉　損料屋見鬼控え 3
三國青葉　福猫屋 〈お佐和のねこだすけ〉
三國青葉　福猫屋 〈お佐和のねこかし〉
三國青葉　福猫屋 〈お佐和のねこわずらい〉
三國青葉　母上は別《べっ》式《しき》女《め》
三國青葉　母上は別式女 2
宮西真冬　誰かが見ている

宮西真冬　首の鎖
宮西真冬　友達未遂
宮西真冬　毎日世界が生きづらい
南　杏子　希望のステージ
嶺里俊介　だいたい本当の奇妙な話
嶺里俊介　ちょっと奇妙な怖い話
溝口　敦　喰うか喰われるか 〈私の山口組体験〉
三谷幸喜 松野大介　三谷幸喜 創作を語る
村上　龍　愛と幻想のファシズム (上)(下)
村上　龍　村上龍料理小説集
村上　龍　新装版 限りなく透明に近いブルー
村上　龍　新装版 コインロッカー・ベイビーズ
村上　龍　歌うクジラ (上)(下)
向田邦子　新装版 眠る盃
向田邦子　新装版 夜中の薔薇
村上春樹　風の歌を聴け
村上春樹　1973年のピンボール
村上春樹　羊をめぐる冒険 (上)(下)
村上春樹　カンガルー日和

村上春樹　回転木馬のデッド・ヒート
村上春樹　ノルウェイの森 (上)(下)
村上春樹　ダンス・ダンス・ダンス (上)(下)
村上春樹　遠い太鼓
村上春樹　国境の南、太陽の西
村上春樹　やがて哀しき外国語
村上春樹　アンダーグラウンド
村上春樹　スプートニクの恋人
村上春樹　アフターダーク
村上春樹 佐々木マキ 絵　羊男のクリスマス
村上春樹 佐々木マキ 絵　ふしぎな図書館
村上春樹 糸井重里　夢で会いましょう
村上春樹・文 安西水丸・絵　ふわふわ
U.K.ル=グウィン 村上春樹 訳　空飛び猫
U.K.ル=グウィン 村上春樹 訳　帰ってきた空飛び猫
U.K.ル=グウィン 村上春樹 訳　素晴らしいアレキサンダーと、空飛び猫たち
U.K.ル=グウィン 村上春樹 訳　空を駆けるジェーン
T.ファリッシュ著 B.ルート絵 村上春樹 訳　ポテト・スープが大好きな猫
村山由佳　天翔る

講談社文庫　目録

睦月影郎　密通妻
睦月影郎　快楽アクアリウム
向井万起男　渡る世間は「数字」だらけ
村田沙耶香　授乳
村田沙耶香　マウス
村田沙耶香　星が吸う水
村田沙耶香　殺人出産
村瀬秀信　気がつけばチェーン店ばかりでメシを食べている
村瀬秀信　それでも気がつけばチェーン店ばかりでメシを食べている
村瀬秀信　地方に行っても気がつけばチェーン店ばかりでメシを食べている
虫眼鏡　東海オンエアの動画が6.4倍楽しくなる本〈虫眼鏡の概要欄 クロニクル〉
森村誠一　悪道
森村誠一　悪道 西国謀反
森村誠一　悪道 御三家の刺客
森村誠一　悪道 五右衛門の復讐
森村誠一　悪道 最後の密命
森村誠一　ねこの証明
毛利恒之　月光の夏
森博嗣　すべてがFになる〈THE PERFECT INSIDER〉

森博嗣　冷たい密室と博士たち〈DOCTORS IN ISOLATED ROOM〉
森博嗣　笑わない数学者〈MATHEMATICAL GOODBYE〉
森博嗣　詩的私的ジャック〈JACK THE POETICAL PRIVATE〉
森博嗣　封印再度〈WHO INSIDE〉
森博嗣　幻惑の死と使途〈ILLUSION ACTS LIKE MAGIC〉
森博嗣　夏のレプリカ〈REPLACEABLE SUMMER〉
森博嗣　今はもうない〈SWITCH BACK〉
森博嗣　数奇にして模型〈NUMERICAL MODELS〉
森博嗣　有限と微小のパン〈THE PERFECT OUTSIDER〉
森博嗣　黒猫の三角〈Delta in the Darkness〉
森博嗣　人形式モナリザ〈Shape of Things Human〉
森博嗣　月は幽咽のデバイス〈The Sound Walks When the Moon Talks〉
森博嗣　夢・出逢い・魔性〈You May Die in My Show〉
森博嗣　魔剣天翔〈Cockpit on knife Edge〉
森博嗣　恋恋蓮歩の演習〈A Sea of Deceits〉
森博嗣　六人の超音波科学者〈Six Supersonic Scientists〉
森博嗣　捩れ屋敷の利鈍〈The Riddle in Torsional Nest〉
森博嗣　朽ちる散る落ちる〈Rot off and Drop away〉
森博嗣　赤緑黒白〈Red Green Black and White〉

森博嗣　四季 春～冬
森博嗣　φ《ファイ》は壊れたね〈PATH CONNECTED φ BROKE〉
森博嗣　θ《シータ》は遊んでくれたよ〈ANOTHER PLAYMATE θ〉
森博嗣　τ《タウ》になるまで待って〈PLEASE STAY UNTIL τ〉
森博嗣　ε《イプシロン》に誓って〈SWEARING ON SOLEMN ε〉
森博嗣　λ《ラムダ》に歯がない〈λ HAS NO TEETH〉
森博嗣　η《イータ》なのに夢のよう〈DREAMILY IN SPITE OF η〉
森博嗣　目薬α《アルファ》で殺菌します〈DISINFECTANT α FOR THE EYES〉
森博嗣　ジグβ《ベータ》は神ですか〈JIG β KNOWS HEAVEN〉
森博嗣　キウイγ《ガンマ》は時計仕掛け〈KIWI γ IN CLOCKWORK〉
森博嗣　χ《カイ》の悲劇〈THE TRAGEDY OF χ〉
森博嗣　ψ《プサイ》の悲劇〈THE TRAGEDY OF ψ〉
森博嗣　イナイ×イナイ〈PEEKABOO〉
森博嗣　キラレ×キラレ〈CUTTHROAT〉
森博嗣　タカイ×タカイ〈CRUCIFIXION〉
森博嗣　ムカシ×ムカシ〈REMINISCENCE〉
森博嗣　サイタ×サイタ〈EXPLOSIVE〉
森博嗣　ダマシ×ダマシ〈SWINDLER〉
森博嗣　女王の百年密室〈GOD SAVE THE QUEEN〉

森　博嗣　迷宮百年の睡魔〈LABYRINTH IN ARM OF MORPHEUS〉
森　博嗣　赤目姫の潮解〈LADY SCARLET EYES AND HER DELIQUESCENCE〉
森　博嗣　馬鹿と嘘の弓〈Fool Lie Bow〉
森　博嗣　歌の終わりは海〈Song End Sea〉
森　博嗣　まどろみ消去〈MISSING UNDER THE MISTLETOE〉
森　博嗣　地球儀のスライス〈A SLICE OF TERRESTRIAL GLOBE〉
森　博嗣　レタス・フライ〈Lettuce Fry〉
森　博嗣　僕は秋子に借りがある I'm in Debt to Akiko〈森博嗣自選短編集〉
森　博嗣　どちらかが魔女 Which is the Witch?〈森博嗣シリーズ短編集〉
森　博嗣　喜嶋先生の静かな世界〈The Silent World of Dr.Kishima〉
森　博嗣　そして二人だけになった〈Until Death Do Us Part〉
森　博嗣　つぶやきのクリーム〈The cream of the notes〉
森　博嗣　ツンドラモンスーン〈The cream of the notes 4〉
森　博嗣　つぼみ茸《きのこ》ムース〈The cream of the notes 5〉
森　博嗣　つぶさにミルフィーユ〈The cream of the notes 6〉
森　博嗣　月夜のサラサーテ〈The cream of the notes 7〉
森　博嗣　つんつんブラザーズ〈The cream of the notes 8〉
森　博嗣　ツベルクリンムーチョ〈The cream of the notes 9〉
森　博嗣　追懐のコヨーテ〈The cream of the notes 10〉

森　博嗣　積み木シンドローム〈The cream of the notes 11〉
森　博嗣　妻のオンパレード〈The cream of the notes 12〉
森　博嗣　つむじ風のスープ〈The cream of the notes 13〉
森　博嗣　カクレカラクリ〈An Automaton in Long Sleep〉
森　博嗣　DOG&DOLL
森　博嗣　森には森の風が吹く〈My wind blows in my forest〉
森　博嗣　アンチ整理術〈Anti-Organizing Life〉
森　博嗣 原作／萩尾望都　トーマの心臓〈Lost heart for Thoma〉
諸田玲子　森家の討ち入り
森　達也　すべての戦争は自衛から始まる
本谷有希子　腑抜けども、悲しみの愛を見せろ
本谷有希子　江利子と絶対〈本谷有希子文学大全集〉
本谷有希子　あの子の考えることは変
本谷有希子　嵐のピクニック
本谷有希子　自分を好きになる方法
本谷有希子　異類婚姻譚
本谷有希子　静かに、ねぇ、静かに
茂木健一郎　「赤毛のアン」に学ぶ幸福《しあわせ》になる方法
森林原人　セックス幸福論〈偏差値78のAV男優が考える〉

桃戸ハル編・著　5分後に意外な結末〈ベスト・セレクション〉
桃戸ハル編・著　5分後に意外な結末〈ベスト・セレクション　黒の巻・白の巻〉
桃戸ハル編・著　5分後に意外な結末〈ベスト・セレクション　心震える赤の巻〉
桃戸ハル編・著　5分後に意外な結末〈ベスト・セレクション　心弾ける橙の巻〉
桃戸ハル編・著　5分後に意外な結末〈ベスト・セレクション　金の巻〉
桃戸ハル編・著　5分後に意外な結末〈ベスト・セレクション　銀の巻〉
森　功　高倉健〈隠し続けた七つの顔と「謎の養女」〉
森　功　地面師〈他人の土地を売り飛ばす闇の詐欺集団〉
望月麻衣　京都船岡山アストロロジー
望月麻衣　京都船岡山アストロロジー2〈星と創作のアンサンブル〉
望月麻衣　京都船岡山アストロロジー3〈恋のハウスと檸檬色の憂鬱〉
望月麻衣　京都船岡山アストロロジー4〈月の心と惑星回帰〉
桃《もも》野《の》雑《ざっ》派《ぱ》　老虎残夢
森沢明夫　本が紡いだ五つの奇跡
山田風太郎　甲賀忍法帖〈山田風太郎忍法帖①〉
山田風太郎　伊賀忍法帖〈山田風太郎忍法帖③〉
山田風太郎　忍法八犬伝〈山田風太郎忍法帖④〉
山田風太郎　風来忍法帖〈山田風太郎忍法帖⑪〉
山田風太郎　新装版 戦中派不戦日記

2024年12月13日現在